品嘗好書　冠群可期

怪人四十面相

江戸川亂步

品冠文化出版社

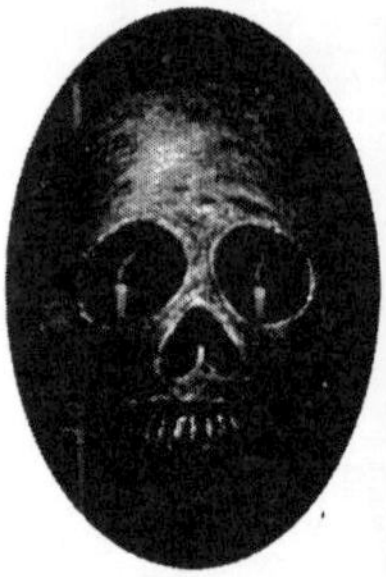

目錄

怪人四十面相

少年偵探⑧

怪人四十面相

江戸川亂步

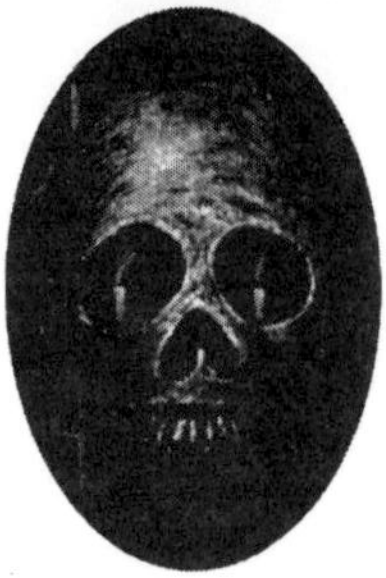

二十面相改名

在「透明怪人」事件中，被名偵探明智小五郎識破真相的怪盜二十面相，直接被帶到警政署的拘留所，成為未判決的犯人，關在東京市的I拘留所內。

二十面相過去曾有從監獄脫逃的記錄，所以，拘留所特別加以警戒，甚至將他關在容易監視而嚴密的個人牢房中，單獨的囚禁他。除了兩名負責看守的人員之外，還另外安排兩名人員輪班，不分晝夜的在個人牢房外站崗。

「透明怪人」這個震驚社會大事件的犯人，就是怪盜二十面相。知道他被逮捕後，世上所有的人都鬆了一口氣。報紙上還詳細報導怪盜被抓到的始末。現在人們在路上遇到時，談論的不是天氣，而是二十面相的話題。

名偵探明智小五郎的名聲大噪，由於智擒「透明怪人」而被當成日本的福爾摩斯。西方的報紙也誇耀明智的功勳。

在如此鼎沸的人氣中，兩個電影公司將「透明怪人」的事件搬上大銀幕。在舞台方面，日比谷和淺草的兩個劇場，則上演「透明怪人」的戲碼。

然而在二十面相被關在拘留所的第五天，東京擁有最多讀者的「日本新聞」，刊載了以下的報導，再度震驚世人。

改名為「四十面相」

即將進行大事業

關在拘留所的二十面相寄給本報的大膽宣言

這天下午兩點，關在I拘留所的二十面相，寄來如下述奇怪的投

書，送到本報社編輯部。詢問看守I拘留所的官員，他們全都不知道二十面相到底是採取何種手段，將這封信郵寄到本報。二十面相面對官員的偵訊，回應道：「我是偉大的魔術師，當然能在神不知鬼不覺的情況下，從牢房裡寄信。這根本是小事一樁。」以下則是投書的全文。

『雖然我輸給明智小五郎，但是，我不會乖乖的投降，我一定會東山再起。身為魔術師的我，再怎麼堅固的大門或看守嚴密的地方，都奈何不了我。只要我想出去，隨時都可以離開拘留所。

不過，在此之前，我想讓各位知道，關於我的名字的事。世人稱我為二十面相，我非常不以為然。我的臉不只有二十種面貌，甚至多達一倍。我至少擁有四十種以上不同的面貌，所以，我要改名為四十面相。二十面相已經畢業，變成四十面相。

以後請稱我為四十面相——。改名後，我準備進行前所未有的大事業。到底是什麼事業呢？屆時各位就知道了。』

看到這篇報導的世人，無不感到錯愕。當然最為吃驚的，還是I拘留所的所長。未判決的犯人竟然能夠投書到報社，讓拘留所的面子掛不住。不只是拘留所，連檢察署和警察的名譽都掃地了。

I拘留所的所長嚴厲斥責部下。雖然後來開始調查投書是如何帶出去的，卻始終沒有任何線索，就好像是魔術一樣，但這是不可能的。

拘留所的防守變得更為嚴密，避免同樣的事件再度發生。

就在兩天之後，同樣在「日本新聞」上，又發表了四十面相的第二封投書。

四十面相的新事業

「黃金骷髏」的祕密

再次從Ｉ拘留所寄來的通知

被囚禁在Ｉ拘留所的四十面相，繼先前的投書之後，又將第二封通知寄到本報來。這次，Ｉ拘留所宣布，根本無法查到他寄出這封信的方法。

『非常感謝貴報刊載我的上一封信，所以繼續寄來第二封信。在先前那封信中，我說要進行一番大事業，這封信的目的，則是要告訴各位讀者這個大事業的部分內容。

我的新事業就是要揭開「黃金骷髏」的祕密。不能再說得更詳細了。如果我能揭開這個祕密，那麼，我相信這將是震驚全日本，不，應該是震驚全世界的一大事件。不過，我要先預告一下。

首先，我得先離開Ｉ拘留所。時間將在不久之後，我會輕而易舉的逃離監獄。在此，恭祝本報各位讀者健康。』

的。

又發表旁若無人的豪語。拘留所的犯人，好像能夠自由出入監獄似

看到這篇報導，再次引起世人喧嘩。拘留所當然也很緊張，監獄更是加強警戒。單獨囚禁四十面相的牢房，配置五名配槍的武裝警察，嚴密看守。

不過，四十面相的心思實在讓人猜不透。通知世人自己要逃離監獄，如此一來，戒備不是會愈來愈森嚴嗎？根本就是在自掘墳墓。

事後回想起來，這就是大魔術師的祕密「手法」。四十面相投書到報社，並不是為了他的名譽，因為逃離牢籠比自己的聲譽更重要。

那麼，這到底是怎麼回事呢？怪人四十面相邪惡的智慧，一般人恐怕料想不到。

律師的帽子

就在「日本新聞」刊載四十面相第二封投書的第二天，負責四十面相事件的木下檢察官，打電話給I拘留所所長，通知他明智偵探想去見四十面相。

所長聽到之後，終於鬆了一口氣。自從四十面相宣布要逃獄之後，他們只能求助於親手抓住他的名偵探。

不久之後，明智偵探的座車來到拘留所的玄關，所長禮貌的招待明智到自己的辦公室。

「明智先生，我有事想委託你。令人猜不透的四十面相那傢伙，竟然從監視嚴密的單獨牢房中，將信寄到報社，我不知道他是怎麼做到的，所以想請你調查一下。」

明智回答道：

「我也想知道這件事，木下檢察官已經委託我。為了謹慎起見，我事先準備了法院的會面許可證，請你過目。現在能不能讓我見四十面相？也許和他談過之後，就可以得知他的祕密。」

聽到明智這麼說，所長說道：

「那麼，這件事就拜託你了，我一定要阻止他的陰謀得逞，希望能夠借助你的智慧。」

所長吩咐看守長，盡量給明智方便，帶他去見四十面相。於是看守長立刻帶明智到囚禁四十面相的牢房去。

原本應該是在會面室見面，但因為犯人是如魔術師一般狡猾的傢伙，不能讓他離開牢房一步，所以，明智只好進入牢房和他談話。

牢房前，有五名腰際配槍的警員嚴密監視。看守長命令其中的一人打開牢門。這時明智對看守長說道：

「我想和他單獨談談，能不能請看守的人員暫時迴避一下？」

「遵命，那麼我們就在走廊的另一邊等待好了。」

看守長帶著五名看守員警離開牢房，在走廊的盡頭等候。明智獨自進入牢房，關上牢門。終於到了四十面相和名偵探相見的時刻。

看守長想要知道兩人之間談話的內容，於是豎耳聆聽，可是只聽到牢房裡傳來低沈的交談聲，根本聽不清楚談話的內容。

過了二十分鐘，門再度打開，明智偵探笑著來到走廊。

「麻煩各位了，請鎖上牢房吧！」

五名看守員警又回到原先站崗的位置，確認四十面相在裡面之後，其中一人鎖上牢門。

明智和看守長直接回到所長室。明智坐在所長的對面，說道：

「我已經知道四十面相郵寄投書的祕密，共犯是律師。」

所長大吃一驚。

「咦！律師？他的律師是鈴木先生。我和他是多年的好友，他絕對不會做這種勾當，你是不是弄錯了？」

「不，不是律師不對。他在不知不覺中成為四十面相的傳話人。四十面相模仿法國紳士怪盜亞森羅蘋的做法。

只有律師才能自由的和未判決的犯人見面，而未判決的犯人也可以要求和律師會面。只有律師可以和犯人單獨談話，而四十面相就是利用這一點達到目的的。

鈴木律師經常戴著軟帽，在牢房和犯人談話時，會將帽子擺在旁邊的檯子上。四十面相就是趁律師不注意時，手伸進軟帽下，將事先摺好的紙片塞在帽子內部的皮革裡。由於是在極薄的紙上寫小字，所以律師沒有發現就戴上軟帽，回到事務所。這時，假扮在事務所內工讀學生的四十面相的手下，就會檢查軟帽的皮革，找出信來。

他的手下在和四十面相通信時，也是採取這種方式。

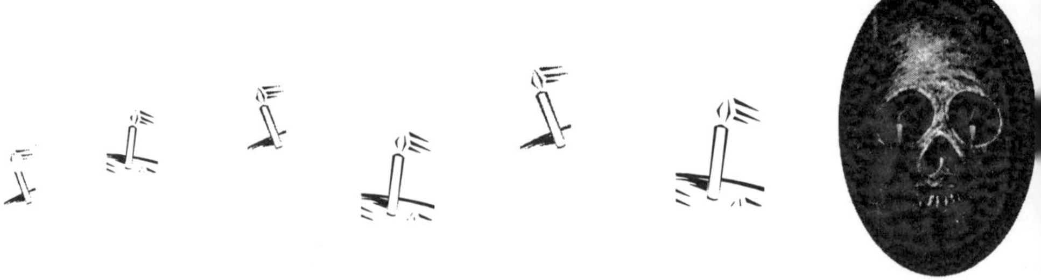

也就是說，鈴木律師的軟帽，就像是郵差的郵包。」

聽到這番話的所長和看守長，驚訝得張大嘴巴。

「噢，沒想到竟然是律師的帽子。好，那麼我們立刻通知鈴木先生，然後再去抓那個假扮工讀生的手下。但是明智先生，你是怎麼知道這個手法的？難道是四十面相坦白告訴你的嗎？」

「沒錯，我是從他口中得知的。雖然我已經很久沒見過四十面相，但還是很熟悉他的作風。我猜想他可能是模仿亞森羅蘋的做法，所以當我對他說『是律師的帽子吧』時，他微笑著點了點頭。雖然四十面相是個大壞蛋，可是像他這麼絕頂聰明的壞蛋，倒也不多見呢！」

明智說完之後，所長很佩服的低下頭。

「謝謝你，我終於知道他寄信的管道。不過，明智先生，他真的會逃獄嗎？那傢伙會不會利用我們不注意時趁機逃走？」

「這我就不知道了。亞森羅蘋也會逃獄，四十面相可能會模仿他的做法。」

「那是什麼方法，能不能說給我聽，讓我做參考？我們絕對不能任由他逃走。」

「如果你想知道，那麼，就去看怪盜亞森羅蘋的傳記。只要看『羅蘋逃獄』這一章，就可以知道。」

明智說著，不知為何，竟笑了起來。

小林少年

不久之後，明智偵探在所長和看守長的目送之下，離開拘留所，回到他的座車上。

汽車駕駛座的旁邊，孤零零的坐著一名十四、五歲的少年助手。身穿茶色毛衣，頭戴小的鴨舌帽，整張臉都被油弄黑了。少年的模樣極為

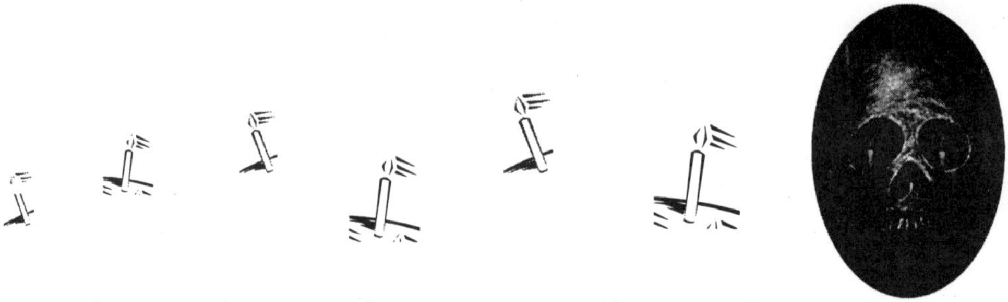

可愛。

汽車急馳而去，但奇怪的是，目的地卻和明智偵探事務所的方向相反。從日比谷朝有樂町轉彎，停在世界劇場的後台入口。

明智偵探下車之後，彷彿回到自己的家一樣，逕自進入世界劇場的後台。而臉蛋髒汙的汽車少年助手，則跟在明智身後，跑向後台口，溜了進去。

進入後台口，爬了兩格階梯，可以看到掛著「村上時雄」木牌的房間。明智打開門，這時，裡面一個好像演員的年輕人探出頭，對他打招呼道：「你回來啦！」

來到劇場後台的明智偵探，竟然有人對他說「你回來啦」，這不是很奇怪嗎？接下來又有更不可思議的事情發生。

明智進入「村上時雄」的房間之後，坐在正面的鏡子前。先前的年輕演員，恭恭敬敬的端茶過來。明智一邊啜飲著茶，一邊說道。

「幸好來得及。還有幾分鐘輪到我出場?」

「還有十分鐘。」

「好，那就穿這套服裝吧！讓我看看明智的台詞，我想稍微修改一下。」

明智說著，仔細翻閱青年遞給他的劇本。

各位讀者，這到底是怎麼回事?名偵探明智小五郎怎麼會坐在後台的鏡子前面，好像是個演員似的，在那兒看著劇本呢?明智是不是瘋了呢?

不，關於這個謎題，只要來到世界劇場的舞台前，各位就會明白了。

劇場的正面懸掛著一個大看板。上面用一公尺見方的字寫著：

透 明 怪 人

也就是震驚世人的「透明怪人」事件，被搬上舞台表演。在這個世

界劇場上演。而看板的側面則寫著幾個斗大的字。

名偵探明智小五郎
透明怪人・飾演二角
村上時雄

村上時雄是當時非常著名的演員。他一個人分飾透明怪人和明智偵探兩個角色。

難道走進後台的明智偵探其實是村上時雄嗎？前來迎接他的青年似乎是他的弟子。這個弟子絲毫沒有懷疑，看來他真的是扮演明智的村上。

然而當初造訪拘留所，和四十面相見面的，的確是扮演明智的他。

那麼，村上時雄這個演員到底有什麼意圖呢？

再回到後台。扮演明智偵探的村上時雄，看完劇本之後，對著鏡子重新化妝。然後一個人走出房間，沿著微暗的走廊，朝著通往舞台的階梯走去。

就在這時，怪事發生了。在距離村上五公尺處，小小的人影正偷偷的跟在他的身後。就是先前汽車駕駛助手，那個可愛的少年。

村上似乎沒有察覺，走下狹窄的階梯。少年則像影子般的尾隨在後。走到一半時，少年踩踏的階梯，木板發出很大的聲響。少年嚇了一跳，停下腳步。然而前方的村上卻好像完全沒有發現。

少年再度小心翼翼的走下階梯，站在下面的走廊上。就在他打算繼續跟蹤時，走在前面的村上突然回過頭來看他。

即使想逃也來不及了。村上迅速撲向少年，抓住他的身體。

「不要叫，如果你大叫，你就完了。告訴我，你到底是誰？為什麼要跟蹤我？咦！你不是先前那個汽車駕駛的助手嗎？哈哈哈，原來在我

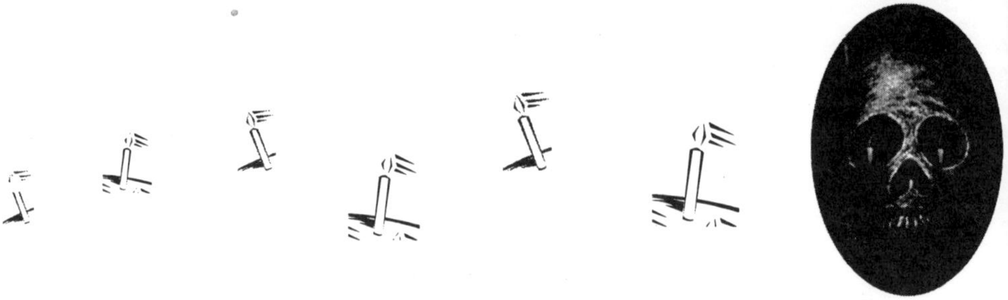

來到這裡之前，你就一直跟蹤我。」

假扮成明智的村上，小聲的說道。抓著少年的身體，朝階梯下方的黑暗處使勁用力推擠。被他抓住的少年則沈默不語。

「噢！我知道了，你是明智的助手小林。臉上用墨塗黑，想要欺騙旁人。不過，已經被我識破了。你是明智派來跟蹤我的嗎？那麼，你應該什麼都知道了吧！」

村上面露可怕的表情，瞪著少年。

「我知道。」

少年用低沈的聲音回答。

「好，那麼你說說看，我是誰呢？」

「你不是村上時雄。你是剛從拘留所逃獄的二十面相，不，是四十面相。」

小林少年斬釘截鐵的說道。

怪人對小林少年

聽他這麼說，村上好像嚇了一跳似的，鬆開抓住小林的手。立刻又平復情緒，露出不懷好意的笑容。

「嘿嘿嘿……厲害、厲害，你真聰明，不愧是偵探的助手，我也希望有你這樣的弟子……。不過，如果我真的是四十面相，你打算怎麼辦呢？」

假扮明智偵探的四十面相，出現在小林的眼前。雙臂用力抓住小林的肩膀，但小林絲毫沒有懼色。

「我不打算做什麼，因為這個劇場已經被警察包圍了，他們就要來抓你了。」

「噢！是嗎？」

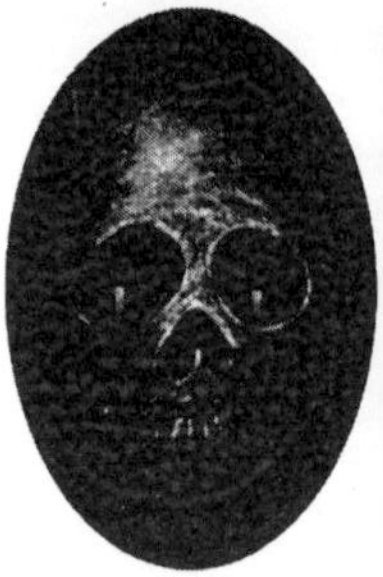

四十面相頓時臉色大變。

「當你走進後台時，我已經打電話給明智老師。老師立刻通知警察。現在整個世界劇場四周都被警察包圍了……。你準備怎麼做呢？我看你已經無路可逃了。」

這時，四十面相完全展現他勇猛的一面。在這麼危急的時刻，他反而氣定神閒的微笑。好像非常疼愛小林似的，大手摸摸他的頭。真是個目空一切的怪物。

「你說警察已經包圍這個劇場？哈哈哈……痛快！我就是喜歡這種冒險。小林，你看著，我一定會逃走的。我的脫逃表演將會非常精采，你就好好的欣賞吧！」

「你要怎麼做？」

「我打算現在就到舞台上演戲啊！」

扮成明智的四十面相，放開小林，頭也不回的登上舞台。因為這時

「透明怪人」一劇正好輪到明智登場。

膽大妄為的四十面相，在警察包圍劇場時，竟然還登上舞台，在眾目睽睽下演戲。難道他真的有自信突破這道難關嗎？

震驚全日本，世界劇場一場大的武打戲即將揭開序幕。

逮捕逃犯

那時候，世界劇場的觀眾席上，一、二、三樓全都座無虛席。由於是震驚世人的「透明怪人」的戲碼，所以很罕見的，售票處每天都大排長龍。

舞台上的「透明怪人」一劇，演到最高潮。場景是二十面相在防空洞裡。背景則是岩窟，正中央有個房間，裡面有奇怪的身體機械和化學實驗的道具等。

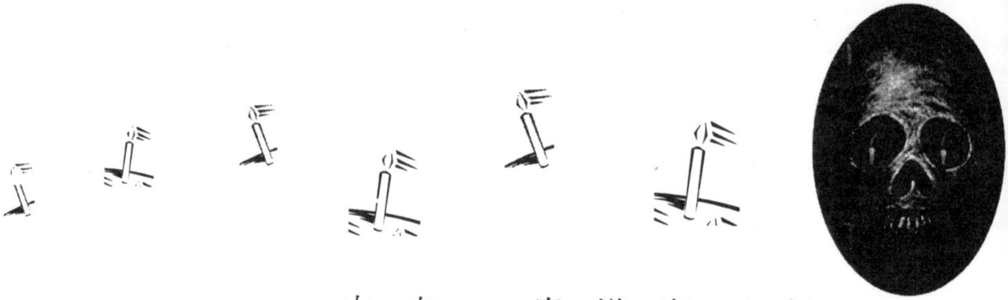

戲劇演出和事實真相有點差距。假扮明智偵探的二十面相出現在這個房間裡，而負責這個案件的搜查主任中村組長識破了他的真面目。

把小林少年留在微暗的走廊上而登上舞台的四十面相，現在出現在實驗室的入口。當然他是以明智小五郎的身份現身。不過，觀眾並不知道他就是可怕的四十面相，以為他是演員村上時雄。戴著膨鬆的假髮，穿著天藍色西裝的明智出現時，觀眾席上一片騷動。

不久之後，穿著西裝的中村搜查組長，從舞台實驗室的另一個入口走了進來。當然他也是演員扮的。假明智看到他之後，突然倒退兩步。中村組長慢慢的逼近他，舉起右手，指著他的臉，大叫道：

「你是假扮的。」

「什麼？假扮的？」

假明智故意裝迷糊的反問。

「你不是明智偵探，是透明怪人的首領。警方已經知道，這次你插翅難飛了。」

中村組長一邊說道，一邊對房間的入口打手勢。這時，五名穿著制服的警察跳出來，立即包圍假明智。看到這種情況，假明智放聲大笑。

「哇哈哈哈……你們只有這些人嗎？光憑五個人就想逮捕我，根本是痴心妄想。魔術師還擁有你們意想不到的絕招。」

就在舞台的演出進行到這裡時，觀眾席後方突然陸續湧進許多人。全場的觀眾不禁全都回頭看。

外面走廊通往觀眾席的出入口，共有六個。各個入口都有三、四名配帶手槍、全副武裝的警察監視著。面帶嚴肅的表情，沿著觀眾席的通道，逐步朝舞台逼近。呈現十分罕見的光景。

坐在觀眾席上的人，看到這種情況，全都鴉雀無聲。有的人則認為這可能是戲劇表演的一部分。因為上演的是「透明怪人」劇，為了讓觀眾吃驚，所以故意做這樣的安排。

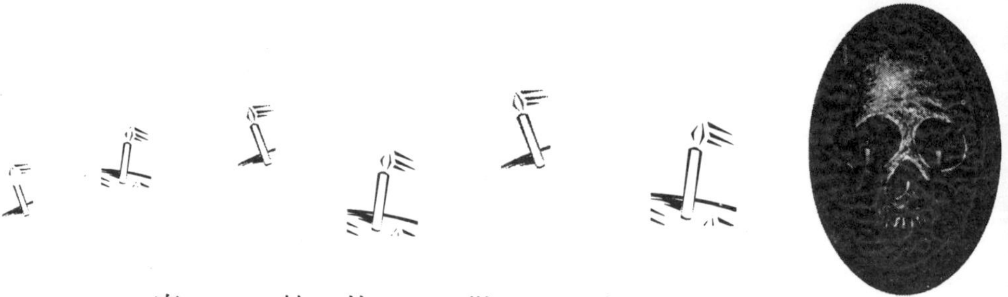

但是仔細一看，走進來的二十幾名警察並不像是演員。和舞台上扮演警察的演員相比，感覺完全不同。

就在這時，發生令人驚訝的事情，這是在舞台上發生的。舞台兩側的演員出入口，分別出現五、六名武裝警察，漸漸朝著站在實驗室正中央的明智逼近。

總數約有三十幾人，全都身穿警察制服。好像舞台、觀眾席都被武裝警察包圍似的。

先前站在舞台上的明智說，扮演警察的只有中村組長和五名警員，其他的三十幾個人，應該不是演員，而是真正的警察。現在觀眾們也清楚的了解這一點了。

到底發生什麼事？觀眾席上一片嘩然。有的人站起來，想要知道到底發生什麼事。部分膽小的女性，則想要離席逃走。

比所有人更早發現警察的，就是站在舞台正中央，由四十面相所假

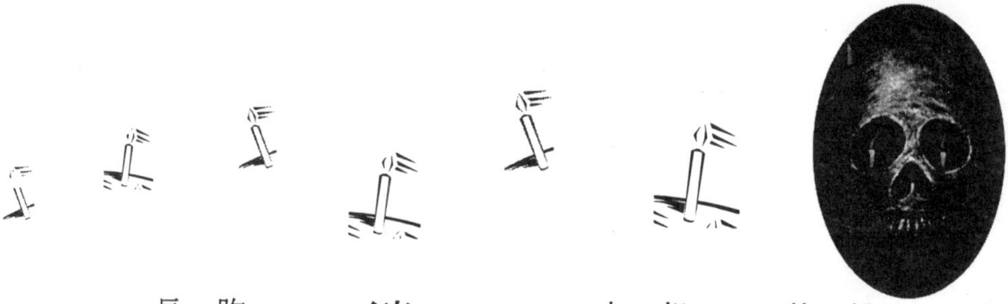

扮的明智。他看到觀眾席後方及舞台兩側總共有三十幾個警察出現，依然旁若無人的咯咯大笑。

「哇哈哈哈……才剛說五個人不夠，就立刻增加好幾倍的警力。看起來敵人的軍隊相當龐大，但是現在輪到魔術師的表演了。各位，請睜大眼睛仔細瞧，可別錯過好戲噢！」

假扮明智的四十面相說著，面對觀眾席，恭恭謹謹的鞠躬。

消失的怪人

一位穿著西裝的紳士，站在從觀眾席後方出現的警察隊的前面。他跑到舞台上，直刺刺地出現在演員面前。這位紳士，就是真正的中村組長。

演員扮演的中村組長和真正的中村組長，就這樣的在舞台正中央見面了，構成一幅很奇怪的畫面。

「你是誰？這到底是怎麼一回事？」

演員扮演的中村組長詢問。

「我是來抓那傢伙的，我是警政署搜查一課的中村。」

「啊！你就是中村先生……」

演員的中村組長嚇了一跳，蹣跚的倒退兩步。

「為什麼？為什麼要這麼做呢？他是我們劇團的團長村上時雄。他犯了什麼罪嗎？」

「不！他不是村上，他是剛從拘留所逃走的四十面相。我們已經掌握確切的證據，稍後再說明詳情。讓我過去。」

「咦！你說他是四十面相……」

演員的中村組長臉色頓時變得蒼白，呆立當場。

舞台上的這番問答，坐在前排的觀眾聽得一清二楚。他們全都驚慌

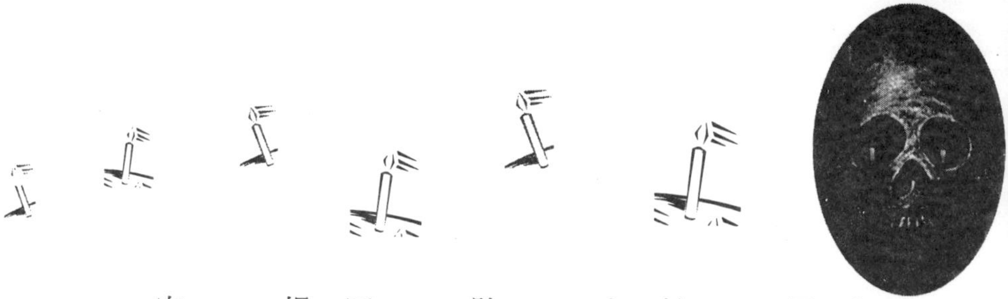

起來。「是四十面相」、「他是魔術師四十面相耶」，場內喧嘩不止，觀眾席上又是一陣騷動。

一些比較勇敢的人，立刻圍到舞台前。而老人、婦女和孩子們則害怕不已，朝出口方向跑去。劇場內頓時充斥著呻吟聲、孩子的哭聲、女人的尖叫聲，就好像遇到大地震似的。

這時，舞台上的四十面相，被警方三面包夾，不停的向大的化學實驗台後方倒退。背景是黑絲絨的布幕，使得假明智藍色的西裝格外顯眼。

「哇哈哈哈，太痛快了，我實在很滿意這個冒險。各位，你們想看四十面相最後的下場嗎？接下來可是空前絕後的大表演……。不要跑，趕快進來看啊……」

他的聲音愈來愈微弱。真是不可思議，四十面相假扮的明智的臉，突然好像消失一般，霎時只剩下沒有脖子的淡藍色西裝。

接著西裝的上衣在空中飛舞，領帶被拿掉，襯衫被脫掉，結果什麼都沒看到，上半身竟然空無一物。褲子不斷的往下滑，腰部以下什麼都沒有。也就是說，脫掉衣服的四十面相的身體，突然消失不見，變成了透明怪人。

警察們看到這個不可思議的景象，全都瞪大眼睛。這時，小林少年從舞台旁邊跳出來，大聲叫著：

「中村先生，這是他慣用的手法，這就是黑魔術。四十面相西服和襯衫下面還穿了黑色的襯衫和褲子，而且用黑布蒙住臉，所以在黑色布幕前，才會什麼都看不到。那傢伙從黑幕的縫隙逃到舞台後方去了，你們趕快去追他。全身漆黑的怪物就是四十面相。」

聽到小林這麼一說，警察們趕緊掀開黑絲絨布幕。兩片布幕的正中央被掀開後，他們立刻跑到裡面。中村組長帶頭，鑽進黑幕裡。

廣大的舞台後方，只懸掛著小燈泡，光線十分微弱。剛走進去，什麼都看不見。

等到眼睛習慣黑暗之後，就可以看得很清楚。抬頭一看，在高高的天花板上，看到一個好像大蜘蛛般漆黑的人體趴在上面。

塔上的怪獸

跑到蜘蛛人下方仔細一看，每隔三十公分就有穿著大珠子的黑繩，從天花板上垂掛下來。全身漆黑的怪物，抓著繩子，腳趾勾住珠子，輕輕鬆鬆的往上爬。

「停下來。不停下來的話，我就要開槍囉！」

中村組長對著天花板大叫著。但是，黑色怪物仍然頭也不回，加快速度往上爬。在向上攀爬時，身體還朝左右擺動，黑繩跟著搖晃，手槍當然就無法對準目標。

「發射。」

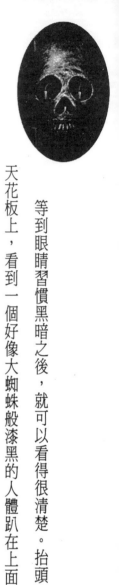

中村組長一聲令下，一發、二發、三發……子彈從手槍裡射出。不過，警察的手槍並不是瞄準他，而是想嚇阻他。事實上，對方搖動得很厲害，子彈根本無法射中他。

黑色怪物終於來到天花板附近，敞開的小窗子旁邊，跨過窗框，黑繩開始往上升。不久，黑色怪物整個人就消失在窗邊。

綁著珠子的黑繩，是四十面相的七大道具之一。那是由結實的絲線所作成的，長達幾十公尺，如果捲起來，可以塞在口袋裡，使用起來很方便。

這個絲線繩梯事先被綁在世界劇場屋頂的圓形塔頂上，穿過窗子，垂到舞台後方。四十面相早就準備好這個道具，以防萬一。

「逃到屋頂上去了，大家快點到那兒去。」

中村組長下達命令後，警察們離開舞台後方，跑到劇場外。

這時，已經是傍晚。世界劇場和附近的大樓全都燈火通明。旁邊大

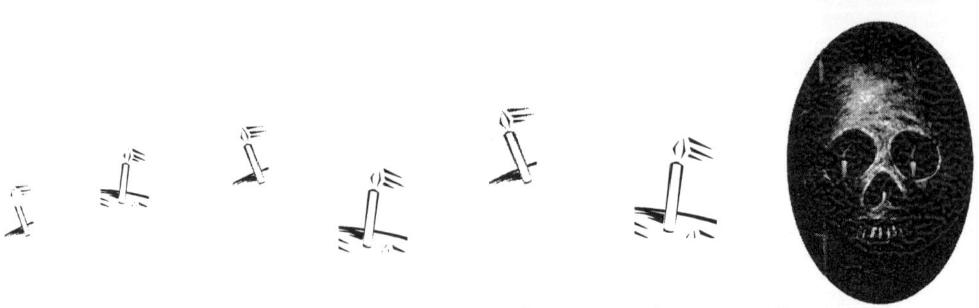

報社的電光快報（用許多電泡組成文字報導新聞），在黑暗中不斷的閃爍著。

劇場周圍早就聚集了一大批人群。怪人四十面相逃到屋頂上的事，立刻傳得眾所皆知，大家全都抬頭看著天空。

一般的大樓約有六層樓高，而劇場的屋頂，則像是西方古代的城堡般，有圓塔聳立。從塔頂往下四周看去，可以看到模仿巴黎聖母寺院屋頂上著名雕刻的水泥怪獸，好像俯視地面一樣，佇立在上面。在微暗的天空中，怪獸異樣的形狀，清晰可見。

站在地面的群眾，有人「哇」「哇」的大叫。他們看到怪獸與怪獸之間，有黑色的東西在那兒搖晃的移動著。很高，而且光線微暗，所以看不清楚。但是，的確有和怪獸不同形體的東西在那兒移動著。彷彿水泥怪獸有了靈魂，開始移動似的。

在中村組長的指示下，幾名警察進入塔中，企圖爬到塔頂。然而通往塔頂的出入口，已經被四十面相堵住，所以不得其門而入。警察們從窗戶探出身子，看著屋頂上的怪人，大叫著。地面上的人，依稀可以看見這些從窗口探出身子的警察。地上圍觀的群眾不斷增加，使得行經劇場前的汽車擠得水泄不通。

過了一會兒，遠處傳來警笛聲，正以驚人的速度接近這裡。警察開始驅散塔底圍觀的群眾，人群立刻散開，道路又變得寬敞空曠。當警笛聲愈來愈接近時，看到兩輛消防車出現。原來是中村組長向鄰近的消防署求援。

紅色的消防車上，隨著吵雜的引擎聲，可以看到一座雲梯不斷升向空中。同時消防車打亮炫目的白燈，照向塔頂，原來是探照燈（在夜間用來照遠處的照明裝置）的光。

請看，在探照燈照耀的塔頂，怪物的身體有鳥的翅膀，擁有人臉的聖母寺院的怪獸，正以可怕的姿態，俯看塔底的群眾。而在怪獸的正中

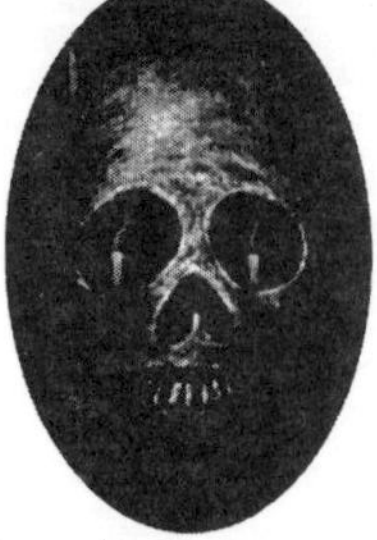

央，有個漆黑的人站在那裡，伸出手，抓著怪獸。「啊，就在那裡！」「那是四十面相。」群眾中有人大叫。和怪獸並肩，看著地面人群的，正是怪人四十面相。

四十面相到底打算怎麼做呢？他應該已經無路可逃了呀！難道他才剛逃獄，就要面臨被抓回去的命運嗎？

飄浮在空中的怪人

在塔頂下方的房間，有幾名警察在那裡監視。從窗外探出身子，瞪著上方，異口同聲的大叫著。由於被屋頂凸出的部分擋住，所以看不見四十面相。

這個房間的天花板，有通往屋頂的出入口，原本上面懸掛著一個鐵梯子。但是，四十面相已經拿走它，不知道放到哪兒去了。而且通往屋頂的出入口上面蓋上蓋子，根本打不開。因此，就算警察們知道四十面相就在頭上，也無可奈何。

「梯子，來人啊，拿梯子來！順便拿長的橇杠來，爬上梯子，敲壞封住屋頂出入口的蓋子。」

一名警官下令，兩名年輕的警察立刻跑下樓梯，很快的拿來了木梯和橇杠。

迅速架好梯子後，年輕力壯的警察拿著橇杠，爬到屋頂的出入口。咚、咚、咚、咚！不斷的用橇杠敲著天花板。被釘子封死的出入口的蓋子，終於慢慢的被撬開了。

眼見四十面相就要手到擒來，因為他已經無路可逃了。出入口被撬開，警察們紛紛從那裡爬上屋頂。即使四十面相力氣再大，也無法抵擋這麼多的人。

如果從塔頂跳下來，一定會粉身碎骨。雖然有絲線繩梯，但是就算

沿著繩梯爬下去，下面也有很多警察虎視眈眈，立刻就會被抓住。

所以，無論四十面相逃不逃，都會被抓到。

可是，接著卻發生不可思議的事情了。原本已經無處可逃的四十面相，就在眾目睽睽之下逃走了。而且是用意想不到的方法脫逃。到底他是怎麼逃走的呢?就在塔頂出入口還沒有完全被打開時，聚集在劇場前的人群，突然「哇、哇！」的大叫。

先前站在地面的群眾，全都屏氣凝神盯著探照燈照著的塔頂，議論紛紛。「現在警察們就要爬上屋頂。在塔頂的壞蛋，一定很快就會被抓住。他怎麼可能逃得了呢？」

就在這時，接近塔頂的空中，突然看到有東西在那裡飄盪著。雖然是夜晚，但是天空微亮。這麼小的東西，就好像盪鞦韆似的飄來盪去。

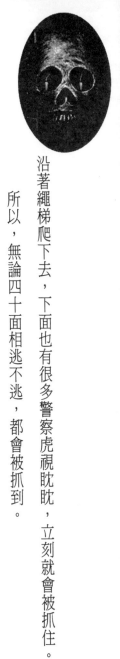

消防車的探照燈發現之後，趕緊將強光對準那個方向照了過去。

全身漆黑的四十面相離開了塔頂，在空中飄盪著。好像抓著什麼東西，在夜空中搖晃著。

「啊！抓著廣告汽球，他掛在廣告汽球下面！」

有人開始大叫。圓形的汽球，在夜空中擺盪。探照燈照著汽球。從汽球上垂掛下來，上面印著透、明、怪、人四個斗大的字體的紅色布條，是用來宣傳「透明怪人」一劇的廣告汽球。

廣告汽球被綁在塔頂，在空中飄盪。四十面相切斷繩子，抓住紅布條的大字，整個身體掛在大汽球下。

剛充完氣的大汽球，迅速地在天空中不斷的飄盪著。

探照燈的白光，追逐著大汽球，銀色的汽球被照得發亮。而在下方掛著的紅布條的大字，被全身漆黑的怪人四十面相抓著。

在探照燈的燈光中，銀色的汽球愈來愈小，逐漸往夜空深處飄去。

最後，終於看不見四十面相的蹤影，大的字也看不到了。

大汽球變得像棒球一樣，愈來愈小。

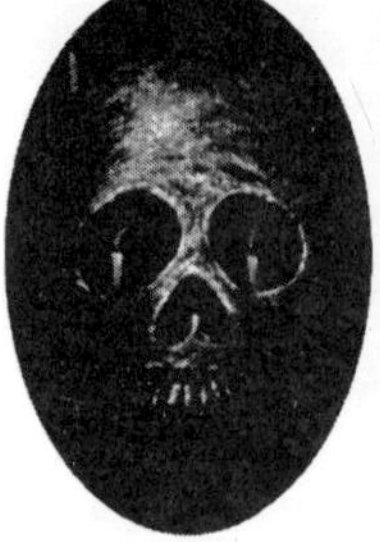

這可是一項搏命的演出。廣告汽球的氣體會慢慢漏光，然後變扁。等到沒有飄浮的力量時，就會往下墜。如果是落在寬廣的海面上，會有什麼樣的後果呢？

即使是落在地面上，下場一樣很悲慘。全日本的警察都知道四十面相的惡行，所以不管他掉到哪裡，都會立刻被抓住。

接下來到底四十面相有什麼打算呢？

校園的怪事

這裡是位於距離千葉縣市川市不遠處的S村S小學的校園。

當四十面相離開世界劇場塔頂後的第二天下午，正好是學校休息時間。S小學的學生們全都在空曠的校園中玩耍。

有人打棒球，有人玩捉迷藏，有人則聚集在角落，玩女孩子們玩的遊戲。突然聽到哇、哇的大叫，引起一陣騷動。

在一片晴朗的天空中，好像有黑點出現，而且愈變愈大。

當黑點變得像棒球一樣的大小時，才被一名在校園裡玩耍的學生發現。

「你看，在那裡，有很奇怪的東西飛過來囉！」

周圍其他的學生紛紛往上看。

「咦！奇怪，該不會是在空中飄浮的飛碟吧？」

「你看！愈來愈大，朝這裡飛來了。」

等到圓形的黑點變得像足球一般大時，所有在校園裡的學生們都抬頭看著天空。幾百名男女學生，全部聚攏過來。先前還喧嘩吵鬧，現在則鴉雀無聲，氣氛有點可怕。

「咦！好像有紅字掛在那裡！」

「哇！是汽球耶！紅布掛在銀色的廣告汽球上。」

原本是黑的，等到變大之後，看起來就帶點銀色的。

「是廣告汽球，那是廣告汽球耶！」

正當大家議論紛紛時，銀色大汽球迅速隨風飄了過來。

「咦！有人掛在上面。你們看，有個全身漆黑的人掛在上面耶！」

孩子們還不知道怪人四十面相抓著廣告汽球逃走的事。不過，一個全身漆黑的人抓著汽球，在天空上飛翔，也算是一種奇景。

因為引起大騷動，所以，老師們也跑到外面來。他們也不知道發生什麼事情，只好呆呆的看著天空。

大汽球來到眾人的頭上，已經失去飄浮的力量，開始慢慢的墜落。氣體全部漏光的銀色大汽球，現在已經變得縐巴的了。

「哇！是扁汽球耶！」

真的變成了扁汽球。

「那個黑人死了嗎？看他一動也不動的。」

女學生發現黑人，驚訝的叫著。

「真的耶，可能已經死掉了噢！」

「哇！糟糕了，汽球掉到這裡來了。」

大汽球朝著S小學的校園，猛力的墜落下來。

「大家小心點，回到自己的教室裡去。」

聽到老師的叫聲，學生們立刻跑回教室。

「哇！掉下來、掉下來了！」

就在哇、哇的叫聲當中，大汽球落到校園裡，慢慢的隨著風飄落在地面上。而綁在汽球上的紅布大文字以及全身漆黑的人，都拖拖拉拉的一起掉到地面上。

約有十名高年級的學生，朝大汽球跑去。大家緊緊抓住繩子，避免汽球再度被風吹走。

這時，幾個老師跑了過來，想要扶起全身漆黑的人。

「啊！這不是人！」

「咦！不是人？」

「摸摸看，硬硬的，怎麼可能會有這麼硬的人呢？」

兩名男老師吃驚的互相對看。另一個老師，扯下黑人臉上戴的布。

「咦！這不是人偶嗎？就是經常擺在櫥窗裡的服裝模特兒的人偶呀！」

「原來如此，因為它不是人嘛，難怪這麼硬。」

老師安心的喃喃自語。聽到老師們的對話，學生們紛紛好奇的跑了過來，圍著黑衣人偶指指點點的討論著。

不久之後，接到學校通知的派出所警察很快就趕到了。警察早已經知道怪人四十面相利用廣告汽球逃走的事情。

仔細調查之後，發現的確是世界劇場的廣告汽球，因為上面還印有透、明、怪、人四個大字。

可是為什麼掛在汽球上的不是四十面相，而是人偶呢？到底為什麼會這樣，連警方也想不透。

各位讀者，你們知道是怎麼一回事嗎？

那個壞蛋四十面相，當然不可能利用廣告汽球逃走。如此一來，很可能會掉到海中。為了以防萬一，他已經事先準備好人偶，讓它穿上黑襯衫。蒙面的人偶，早就被藏在塔頂上的，水泥怪獸的後面了。

再將這個人偶綁在廣告汽球上，製造自己逃到空中的假象。就在瞞騙過警察和消防人員時，他已經逃之夭夭了。

那麼，真正的四十面相到底躲到哪兒去了呢？被警察們包圍，根本無法從塔頂逃走。唯一能夠脫逃的路線，只有空中。

但他可是魔術師怪人四十面相。正當眾人的目光被廣告汽球吸引時，他就又開始施展神奇的手法，欺騙眾多警察的法眼。

警察與乞丐少年

回到原先的話題。就在綁著黑衣人偶的廣告汽球飄離世界劇場的塔頂後，有一條黑色的細繩，從水泥怪獸蹲踞的塔頂垂落下來。一名穿著制服的警察抓著細繩落到劇場的屋頂上。

因為是在塔的後面，所以沒有被人發現。大家的目光焦點都集中在廣告汽球上，因此，沒有人注意到這個奇怪的警察。

來到屋頂後，這名警察將攀爬的黑繩重新捲好，收到口袋裡，從屋頂上的出入口走進劇場內。

五分鐘之後，這位穿著制服的警察從世界劇場正門的玄關，扛著大包袱走了出來。沒有人知道裡面到底裝些什麼東西，那是個直徑大約五十公分的圓形物體，彷彿是個大盆子似的。

劇場前的廣場還聚集相當多的人，包括一隊警察。其中一名警察叫住先前從玄關走出來的可疑警察。

「你是哪個警察局的人？這個大包袱裡裝的是什麼東西呀？」

這時，可疑的警察笑著回答道：

「我是警政署的人，奉中村組長的命令，把證據拿回去。」

「包袱的形狀真奇怪啊！裡面到底是什麼東西？」

「我也不知道。組長直接把包袱交給我，我想組長應該有他的用意吧……我先走啦！」

可疑的警察說完之後，撥開擁擠的人群，朝遠方走去。

又過了十分鐘，在中央區某個寂靜的住宅區，先前那個可疑的警察得意揚揚地獨自在那兒走著。依然背著圓形的大包袱。

街道燈光微暗，兩側都是豪門宅邸的水泥牆、木板牆和籬笆等。雖然太陽剛下山，但是街上沒有行人。在東京市內，竟然有這麼安靜的街

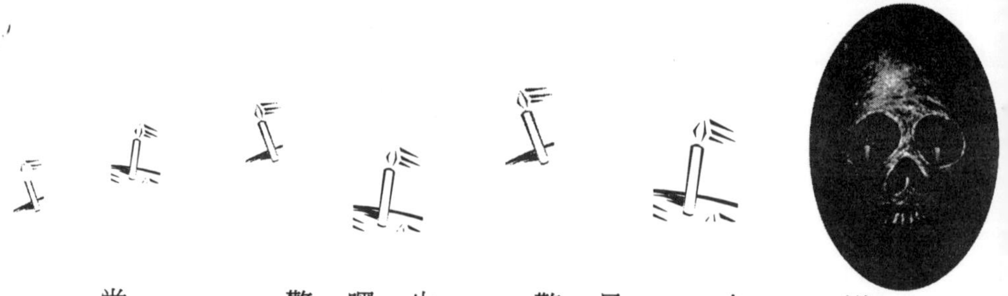

道，實在很奇怪。

可疑的警察，獨自咯吱咯吱地走在這條黑暗的街道上，似乎覺得很有趣，突然嗤笑了起來。

「嘿嘿嘿……太棒了，我真是佩服自己！剛才遇到我的那名警察在見到中村組長時，一定會報告我的事情。到時候組長臉上的表情絕對很驚訝，因為他根本沒有把這個東西交給我。

不過，四十面相穿著警察制服，假扮警察逃走的事，恐怕中村組長也沒有察覺到吧！他認為四十面相已經利用廣告汽球從空中逃走了。嘿嘿……掛在廣告汽球上的是人偶，真正的四十面相，早就已經假扮成警察走在這裡。即使是名偵探，也一定沒有料到我還有這一招。」

可疑的警察，喃喃自語的說著。

這個警察真的是怪人四十面相嗎?的確沒錯。這就是他的大奇術。當大家的目光焦點都被廣告汽球吸引時，他已經藉著絲線繩梯，從塔頂溜了下來，通過劇場，回到玄關。

在他準備逃獄時，早就命令手下，將警察制服和穿著黑衣的人偶一起藏在塔頂怪獸那兒的陰暗處。四十面相真的很小心謹慎，竟然事先就計畫好逃獄之後假扮演員，等到被識破身份之後，就利用廣告汽球吸引眾人的目光，再假扮警察逃走。果然接下來發生的事情，全都在他的意料之中。

他把人偶綁在廣告汽球上，同時迅速的換上警察制服，若無其事的出現在警察隊和眾人面前。

為什麼要假扮警察呢？因為他認為這是最安全的做法。警政署和轄區警察局的警察，不見得都彼此認識，就算出現素未謀面的警察，也沒有人會懷疑。四十面相就是利用這個盲點。

假扮警察的四十面相，扛著的包袱到底是什麼東西呢？這應該是從世界劇場裡拿出來的東西。包袱裡裝的到底是什麼東西呢？也許是作風

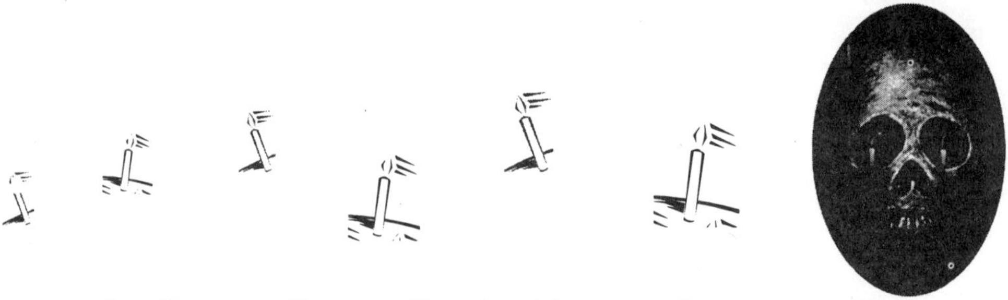

謹慎的四十面相想在危急時刻利用它來變什麼奇術吧！

可疑的警察，嗤笑著走在黑暗的街道上。

但是仔細一看，走在街道上的，不只是四十面相而已。在距離四十面相後方二十公尺處，一條小小的人影，無聲無息的跟蹤著他。

這是一個全身髒兮兮的乞丐少年。頭髮沒有修剪而相當凌亂，甚至已經蓋到眼睛。身穿破爛的夾克，褲管都破了。臉和手腳都又黑又髒的少年，沒有穿鞋子，腳上只有一雙草鞋。各位讀者應該已經發現，這就是少年名偵探小林喬裝改扮的模樣。

在世界劇場圍觀的人群中，只有一個人沒有被廣告汽球所騙。他就是小林少年。

在先前明智偵探著手處理的事件當中，就曾經遇過犯人假藉廣告汽球逃走的事件（在第二集『少年偵探團』的事件中就已經使用過）。當時利用直升機追捕，結果原以為是犯人的人，竟然只是人偶。

小林從明智偵探那裡聽說這件事，所以，在看到廣告汽球時，不禁聯想到這件事。

小林立刻回到後台，將臉和手腳全都塗黑，再到衣物間找一件髒衣服，套在身上。故意戴上又長又亂的假髮，爬到劇場的屋頂上，從上面俯看地面的動靜。

小林經常遇到可惡的犯人假扮警察的事件，因此，打算只要看到可疑的警察，就立刻跟蹤他。

雖然想通知中村組長，但是，一時間卻找不到他，只好作罷。於是獨自一人跟蹤四十面相。

在這片黑暗安靜的街道上，前面咯吱咯吱走的是假扮警察的四十面相，後面則是喬裝成乞丐少年的小林，構成一幅奇妙的光景。

就在這時，假警察突然停下腳步，回頭看了一下，似乎察覺有人跟蹤。

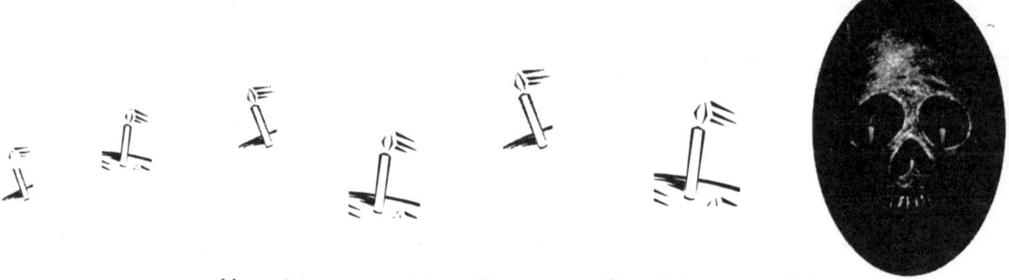

乞丐少年嚇了一跳，立刻躲到旁邊的籬笆下，可是已經來不及了，對方已經發現小林了。

假警察開始往前跑。前面有一個十字路口，萬一被他逃走就糟糕了。乞丐少年顧不得是否發出腳步聲，在後面拚命追趕。這時，奇怪的事情又發生了。

小林喬裝的乞丐少年來到十字路口，看到假警察轉彎，於是跟著轉過去，但卻沒有看到任何人影。兩側是極高的水泥牆，整條街道沒有可以藏匿的地方。可是假警察到底躲在哪裡，根本不得而知。

兩側的水泥牆實在太高，根本爬不上去。地面上也沒有四十面相可以躲藏的排水溝蓋，而且距離下一個轉角還有一百公尺，即使他跑得再快，也不可能瞬間就跑到那裡。

紅色的郵筒

小林加快腳步，來到下一個轉角。可是，沒有發現任何人影，只好又折返回來，站在路口東張西望。就好像貓追丟老鼠似的，看看周圍，站在原地思考著。然而四十面相彷彿從世上消失一樣，夜晚的住宅區四周一片寂靜，沒有發生什麼事情。

小林似乎打算放棄了，吐了下舌頭，聳聳肩膀，頹喪的站在街道上。呆在原地的小林，什麼也不做，整個街道好像沈入水底般，非常的安靜。十分鐘之後，卻發生了讓人覺得很不舒服的事情。

在街上轉角的水泥牆前，有一個紅色的郵筒。遠處街燈微微照著郵筒。紅色郵筒開始靜靜的、靜靜的轉圈。用水泥做的郵筒，就好像活生生的生物一樣，竟然在那兒轉動身體。

郵筒上有投遞信的橫長洞，漆黑的洞中出現閃亮的東西，原來是一雙眼睛。是人，還是動物的眼睛，不得而知。不過，兩隻大眼珠正盯著外面的一切。郵筒慢慢的、慢慢的轉動著。兩隻眼睛不斷的窺伺周遭的動靜。

接著，又發生更讓人覺得不舒服的事情。

紅色郵筒不只是轉動，而且還開始朝側面移動。極為緩慢的，彷彿毛毛蟲似的，沿著水泥牆移動。不一會兒，就已經來到距離剛才佇立地方的十公尺處。

郵筒竟然是活的，活生生的在那兒走著。

但是，接下來又發生更可怕的事情。郵筒下方的石檯開始慢慢的移動。下方伸出兩隻戴著黑色手套的人的手。這雙手將石檯不停的往上抬起，接著紅色的郵筒逐漸朝上方收縮。

郵筒被抬高到三分之一處時，下方露出兩條腿，原來是黑色的警察

POST

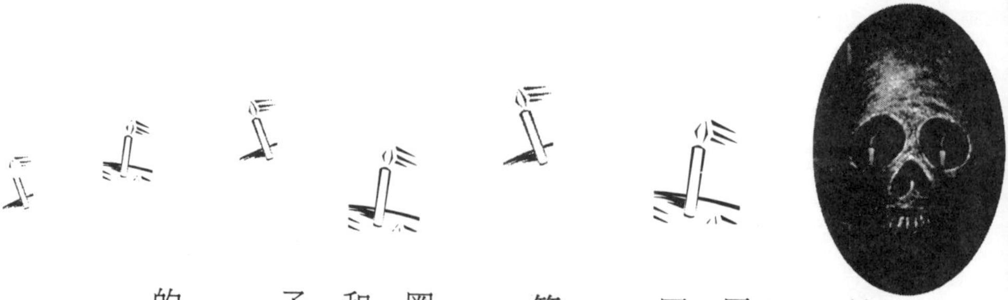

褲子和鞋子。

郵筒繼續收縮，露出警察制服的胸部、肩膀，最後是整個臉。啊！原來如此！四十面相躲在郵筒當中。在遠處街燈微弱光芒的照耀之下，四十面相正在那兒得意的笑著。

郵筒在四十面相的頭上，就好像大的紅盆子一樣緊縮著。水泥的郵筒竟然會收縮，這到底是怎麼一回事呢？

事實上，這是四十面相發明的道具。這個郵筒是由許多薄薄的鐵線圈纏繞而成的，彷彿魔術師手上拿的手杖，能夠自由的伸縮。拉長時，和一般郵筒的高度相同。收縮時，則只有五公分的高度，很像一個大盆子，有如用金屬薄片做成的燈籠似的。

將它塗成和郵筒同樣的紅色，拉長金屬圈時，看起來就像是一個真的郵筒。在微暗的地方，很難分辨真假。

四十面相在發現小林跟蹤之後，立刻轉過街角，解開背在身上的包袱，將紅色如大盆子似的東西從頭上罩下。金屬圈不斷的往下拉，最後就變成郵筒的形狀，連用金屬圈做成的石樓都很逼真。從解開包袱到變成郵筒，花不到三十秒的時間。

這就是四十面相所表演的忍術。躲在郵筒當中，隱藏自己。的確是很高明的忍術。

在這條街上的轉角，根本就沒有郵筒，但是，小林不知道這一點。對他而言，這裡是陌生的街道，所以以為是真的郵筒。四十面相準備了這個相當逼真的伸縮郵筒，即使是名偵探小林，也沒有發現。小林被這個妖怪郵筒給騙了。

四十面相將原本藏身的郵筒，收縮成五公分大小，再用原先放在口袋裡的包巾包住假郵筒，又變成原先大盆子的形狀。

他將這個包袱，咻！扔到水泥牆中，隨即迅速沿著牆邊的電線桿，就好像猴子似的，兩手開始順利地往上爬。接著跳到圍牆上，進入大房

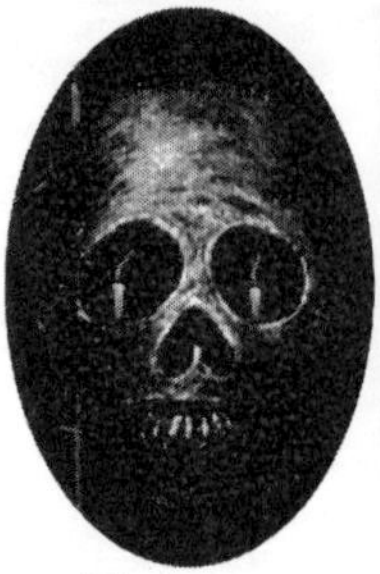

子裡，消失無蹤。

四十面相始終帶著微笑，似乎對於能夠騙過小林，感到非常高興。

但是，老練的偵探真的被騙過了嗎？雖然還是個少年，但他可是明智偵探的得意弟子，再加上對方是狡猾的四十面相，更不能掉以輕心。

凶賊（粗暴胡亂殺傷人的賊）和少年偵探的戰爭即將展開。

跳入水泥牆內大宅邸的四十面相，到底有什麼企圖呢？難道他想從裡面潛逃到其他街道去？還是有什麼更大的陰謀呢？

黑暗中的少女

四十面相消失在水泥牆中之後，街道又恢復寂靜，彷彿電影的畫面突然停格似的。

時間好像過了很久，事實上，卻只過了短短的五分鐘。先前四十面相假扮郵筒所在位置的轉角處，出現一條小小的人影。在街燈的映照之下，可以看到原來是一名穿著破爛衣服的乞丐少年。

小林假裝已經離去，其實是躲在轉角處的黑暗中窺伺。在看到四十面相跳入圍牆內之後，才小心翼翼的從黑暗中走出來。

小林小跑步到電線桿旁，站在那裡豎耳聆聽，很快的就下定決心，跳上電線桿。身手敏捷的往上爬，然後就和四十面相一樣，跨在水泥牆上，機敏跳到裡面。

圍牆內是個廣大的庭院，高大的樹木好像森林般林立著。小林極為謹慎，躡手躡腳的穿梭在漆黑的樹幹之間。

看到不遠處有紅色的光，於是以那個光為目標，朝那裡前進。穿過樹林，來到一片空地。

迎面看到一棟洋房，好像黑色巨人似的矗立著。只有一樓右邊角落的一扇窗戶有亮光。

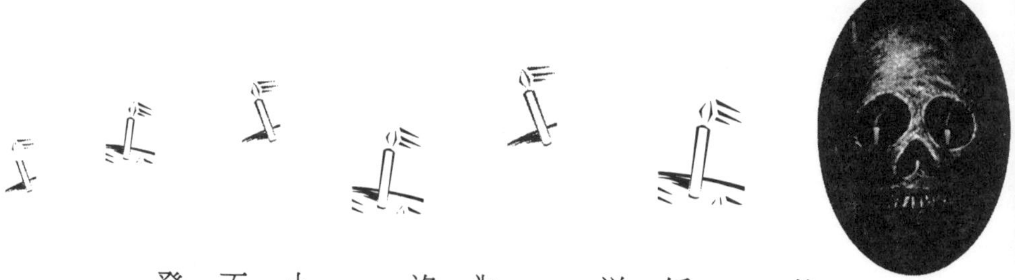

小林正準備走近時，突然嚇了一跳，停下腳步。因為他發現在旁邊的大樹下有東西在移動。

難道四十面相看到他了嗎？不，不是如此。站在那裡的，是一個更矮小的人。仔細一看，原來是個就讀小學一年級的可愛女孩。身穿紅色洋裝的女孩，雙手遮著眼睛，在那兒啜泣著。

這麼小的女孩，獨自站在黑暗的庭院之中，事情一定非比尋常。因為不確定四周是否還有其他大人在，於是小林暗中觀察了一下，結果並沒有發現任何人。

小林走到小女孩的身邊，手搭在她的肩上。小女孩吃了一驚，看著小林。看到他乞丐少年的扮相，照理說應該會嚇得落荒而逃，可是，她不但沒有逃走，反而很高興似的抓著小林。她抱住小林的身體，好像在發抖。

「怎麼回事？妳是這戶人家的孩子嗎？」

小林溫柔的問她。女孩頹喪地點點頭。

「為什麼妳會一個人在這裡呢？」

「我好怕呀！」

女孩輕聲回答。

「怕？怕什麼？」

「地下室、地下室有妖怪。」

小林心想，就算有妖怪，也比待在黑暗的庭院中好吧！如果真的害怕，為什麼不到父母的身邊去呢？

「妳爸爸不在家嗎？」

「不在，我找不到他。」

「媽媽呢？」

「死掉了，早就死掉了。」

「傭人呢？」

「阿婆，阿婆去辦事了。」

「那麼，妳家只有爸爸、妳和阿婆三個人囉？」

「嗯。」

「那麼，現在只有妳自己一個人嗎？」

「嗯。」

實在太奇怪了！這麼大的洋房只住三個人，而且兩個大人都不知去向，只留下一個小女孩看家。這戶人家真奇怪啊！到底主人是從事什麼行業呢？

「妳爸爸是什麼樣的人？他做的是什麼工作？」

「是博士。」

「咦！博士？是學者嗎？」

「嗯！是很偉大的博士噢！」

「什麼博士啊？」

「是念書的博士嘛！我們家有好多書唷！」

看來女孩知道的事情也不多。

「妳什麼時候來這裡的？」

「現在啊！我才剛逃出來。」

「從哪兒逃出來？」

「地下室。」

「妳的房間在地下室嗎？」

「不是，我的房間在那裡。」

女孩指著唯一有亮光的窗戶。

「那麼，妳為什麼要去地下室呢？」

「因為聽到有聲音啊！」

「那麼，妳在地下室看到了什麼呢？」

「有妖怪，有三個妖怪。」

女孩顫抖的回答著，緊緊抓住小林少年。

金色的骸骨

小林的思緒隨著女孩飛快的轉動。

到剛才為止，一直以為女孩所說的妖怪是四十面相，但是，她最後卻說有「三個」，看來應該不是四十面相。那麼，先前進來的四十面相，到底跑到哪裡去了呢？

難道這個可愛的女孩也是四十面相的同夥，目的是為了欺騙小林嗎？如果真是如此，那麼，四十面相應該還躲在庭院樹林中的某處，正在觀察兩人的一舉一動。

想到這裡，看著女孩天真無邪的臉龐，反而覺得有點不舒服。

「危險、危險！絕對不能掉以輕心。四十面相這傢伙可是讓人無法捉摸的魔術師。」

小林仔細的凝視著女孩的臉。雖然由窗內透出來的光線非常模糊，但是，愈看卻愈覺得女孩很可愛。才七歲大的小女孩，怎麼看都不像壞蛋啊！

「妳說的地下室在哪裡？我們兩個一起過去看看。」

小林對女孩試探性的說道。

「你不怕嗎？」

女孩驚訝的抬頭看著小林。

「我不怕，我很勇敢噢！我絕對會好好的修理那個妖怪的。」

「真的嗎？裡面有三隻大妖怪呢！」

「三隻？就算是五隻，我也不怕。我們過去看看吧！」

小林當然不相信有妖怪，他認為一定有什麼可疑的傢伙躲在地下室。

小林的臉塗得髒兮兮的，身上又穿著破爛的衣服，讓人看起來反而覺得他很勇敢。女孩心想，既然有小林陪伴，那麼去地下室也無妨。於是兩個人就這樣手牽著手，走向洋房。

打開了女孩指著的門，走進裡面。在女孩的帶領下，繞過黑暗的走廊，一層一層地走下地下室的樓梯。

樓梯上有安裝小燈泡，但地下室狹窄的走廊卻是一片漆黑。不過，因為是在自己的家裡，所以女孩用手摸索，就知道應該怎麼走。

下了樓梯之後，女孩又開始發抖，大概是真的很害怕待在地下室的妖怪吧！萬一被發現，可就糟了，於是小林緊緊抓住女孩的手，屏氣凝神的躡手躡腳向前走著。

走了一會兒，女孩突然停下腳步。眼前有一絲光亮，似乎是從木板門的縫隙透出來的。

女孩牽著小林的手，做出要他從縫隙，偷看房裡動靜的動作。小林少年謹慎的彎下腰，只從門縫往裡面看了一眼，就好像受到驚嚇似的移開眼睛。

看到駭人景象的小林，不禁懷疑是不是自己眼花了。

平心靜氣的再看一次，真的沒有看錯，裡面真的有自己意想不到的怪物。正如女孩所說的，總共有三隻妖怪。

房間正中央有一個圓桌，上面擺著西式燭台，插著三根蠟燭。紅色的燭光搖晃著，桌前有三張椅子，三隻妖怪就坐在上面。竟然有三個骸骨在那兒比手劃腳，低聲交談。

骸骨彷彿活生生的人一樣，會動、會說話。世界上怎麼會有這種事呢?小林覺得自己好像在做惡夢，簡直不敢相信自己眼睛所看到的光景。連他都開始感到害怕。

忍耐著恐懼，再仔細往裡面偷看，結果發現更奇怪的事情。原來三具骸骨都是金色的。一般人都認為骸骨是白色的，但眼前所看到的卻是

金色的。在燭光的映照之下，它們的每個動作，都像是純金打造似的閃閃發亮。

啊！這三具骸骨在地下室，不知道在商量什麼？三具黃金骸骨，到底意味著什麼呢？其中到底隱藏著什麼可怕的祕密呢？

骸骨的咒語

骸骨後方的三面牆，全都是書架，架上塞滿了書。這些書的封面印著燙金文字，在燭光下閃爍著。

看到這幅奇怪的景象，小林不禁懷疑自己的頭腦是不是有問題。在這個世界上怎麼可能會有黃金骸骨呢？但是，三具金色骸骨真的活生生的在那裡交談，而且不時的做出動作。怎麼會有這麼不可思議的事情呢？

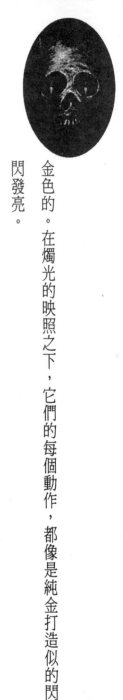

一具骸骨的嘴巴大到延伸至耳朵，不斷的動著。甚至可以聽見奇怪的嘶啞聲音。

「ゆなどき んがくの でるろも。」

坐在右邊的骸骨，則好像在回答似的，只剩牙齒的嘴巴也不住在顫動著。

「むくぐろ べへれじ しとよま。」

接著，第三具骸骨也張嘴說著。

「とんだき すのをど すおさく。」

然後這三個骸骨又重複說了一次。聽起來不像日語，不像英文，也不像法文。這是骸骨們居住的地獄所說的話，還是咒語呢？金色骸骨念著可怕的咒語，到底是要詛咒誰呢？

「我也不知道。」

突然有具骸骨說了清晰的人話。接下來，另外兩具骸骨也用清楚的

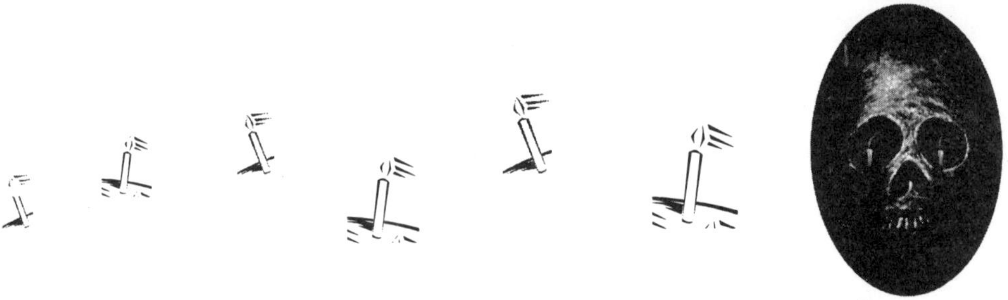

人話交談。

「嗯！怎麼想都想不透。」

「根本不知道這到底是什麼意思嘛！」

「好吧！今晚就到此為止，大家再仔細想想……。下個星期五晚上八點，在這裡再討論一次。」

其中一具骸骨說完之後就站了起來。在燭光的照耀下，金色的骷髏頭和肋骨，閃閃發亮。

「嗯！就這樣每天、每天都要好好的思考，等到星期五再商量吧！不管遇到什麼事，一定要揭開這個祕密。」

「是啊！無論如何都要揭開祕密。」

另外兩具骸骨也站了起來。接著，它們朝這裡慢慢的走了過來。

看到這裡，小林趕緊拉著女孩的手，離開門前，躲在黑暗的走廊深處。和女孩一起緊貼著牆壁，如此一來，骸骨走出來時，就不會被發現

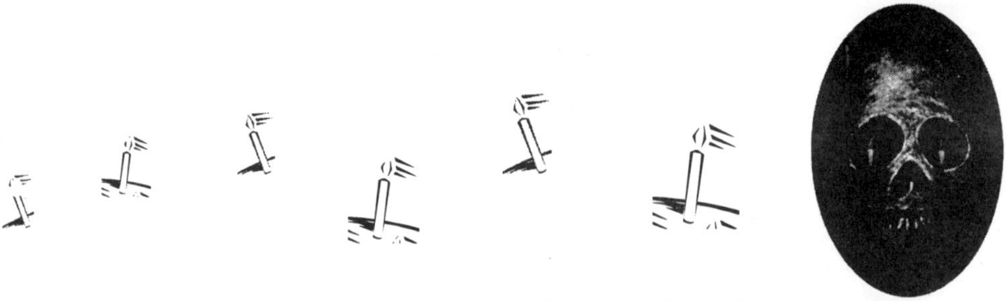

了。

屏氣凝神盯著門，這時，門打開了。燭光照向入口處，入口頓時變亮。其中一具骸骨走了出來，披上如黑色大布似的東西。金色骸骨將布包在身上，從頭到尾罩著黑色的披風。

第二具和第三具走出來的骸骨，也同樣的都罩著披風。這樣就可以完全遮住金色的骨頭。最後就像三個漆黑的影法師站在那裡似的。

三個黑色的影法師，朝著小林他們躲藏的走廊的相反方向走去，爬上樓梯。這時，藉著在上方燈泡的光亮，可以看得很清楚。

在三個影法師爬上樓梯時，小林少年打算跟蹤他們。但是，如果有女孩在一旁，反而礙事。可是看她嚇得直發抖，只好牽起她的手，跟在他們身後。

小林握緊女孩的手，做出要她不要發出聲音的手勢，躡手躡腳的爬上樓梯。

爬出樓梯，探出頭去，看到三個影法師走在微暗走廊的另一端。

一個影法師在中途與另外兩個影法師分手，走上二樓的樓梯。剩下兩個影法師則筆直的朝走廊走去，走到盡頭時右轉，那好像是這棟建築的玄關方向。

小林牽著女孩的手，從樓梯走到走廊上，輕聲問女孩。

「妳爸爸的房間是在二樓嗎？」

「嗯！是的。」

女孩用顫抖的聲音回答。

「好，好，那麼我們就往這兒走，那裡是玄關吧？兩人好像走出玄關，我要跟去看看，看他們到哪兒去了。妳不要怕，就跟著我吧！不會有問題的。」

小林少年輕聲說著，迅速拉著女孩的手。

女孩的父親

走到玄關，悄悄的推開門一看，兩個影法師已經打開了迎面的鐵門，從鐵門走了出去。

玄關一片漆黑，只有門上安裝著燈泡，只要躲在黑暗處，就不必擔心被發現。小林牽著女孩的手，悄悄的走到門邊。

躲在門的石柱後面，朝門外窺伺，看到門前停了一輛關上車頭燈的汽車。披著黑色披風的兩具骸骨，走向汽車打開車門，坐上車，猶如在黑海中的二個怪物，就這樣消失在車內。

傳來引擎聲，汽車在黑暗中揚長而去。接下來只剩下一片黑暗，什麼也看不到，什麼也聽不見，陷入死寂。

骸骨坐著車，到底要去哪裡？這是真實發生的事情嗎？直到現在，小林還覺得自己好像在做惡夢。不，不是夢，他知道，這是比夢境更可怕的事情。

小林和女孩站在門柱後面，過了一會兒，女孩不斷的發抖，緊緊抓著小林。

「我們現在就進屋裡，妳到爸爸的房間去。」

小林牽著女孩的手，走回玄關時，對她這麼說道。

「可是爸爸還沒有回來啊！」

「不，他一定已經回來了。妳到二樓房間去吧！我送妳到房門口，但是，妳不可以告訴爸爸說妳看到我噢！也不可以說看到骸骨，知道嗎？」

「為什麼？為什麼不能說呢？」

「如果妳告訴爸爸，骸骨可能會來向妳報復。」

「真的嗎？真的會來嗎？好，那我就不說了。」

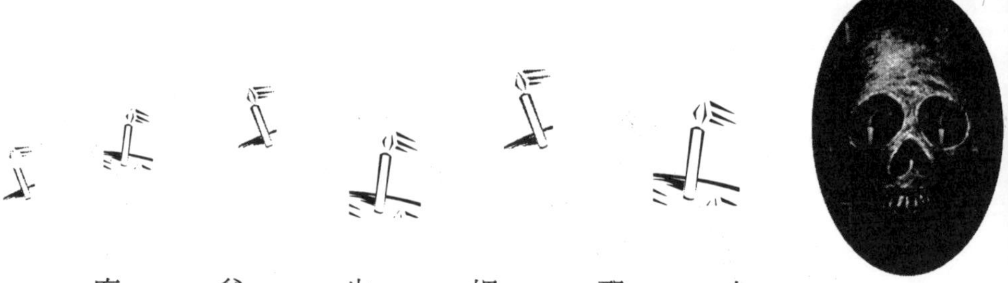

女孩又開始發抖了。

兩個人回到玄關，沿著走廊，回到屋裡。先前他們看到一具骸骨爬上樓梯，因此，就在他們來到樓梯下時，女孩突然停下腳步。

「不可以，不可以去二樓。之前妖怪跑到二樓去了，現在一定還在那兒。」

「不要緊的，它已經不在那兒了。二樓沒有妖怪，只有妳爸爸在那裡。」

女孩抓著樓梯下方的柱子不想移動，但是，小林輕聲的催促她，她也只好走上了二樓。

「我會送妳到爸爸的房門口，妳自己一個人進去。記得不可以告訴爸爸妳看到我的事情，知道嗎？」

女孩點頭。小林牽著她的手，盡量不發出聲音的爬上樓梯。沿著走廊，走到女孩手指的那扇門前。這就是女孩父親的房間。

雖然女孩很害怕，但是在小林的安慰之下，還是輕輕的推開門，朝房裡張望。小林也越過女孩的頭上，從門縫裡看著裡面的一切。

之前的骸骨在房間裡嗎？不，不是的。坐在安樂椅上的，是一位氣派的紳士。他悠閒的坐在搖椅上，當然這個人就是女孩的父親博士。

穿著黑西裝，年約五十歲的紳士，半白的頭髮往後梳，戴著黑色玳瑁大眼鏡，蓄著山羊鬍，看起來就像是一名斯文的學者。

博士到底是什麼時候回來的呢？

女孩和小林剛才一直在門口，如果博士回來，他們一定會遇到，可是他們並沒有碰面，這不是很奇怪嗎？

此外，先前有一具骸骨走上二樓，現在卻消失不見，反而是女孩的父親博士出現在房間裡。這到底是怎麼一回事呢？

小林當然知道原因是什麼，但卻不能告訴女孩。女孩的父親在房裡，於是小林默默的輕推女孩，指示她走進去。

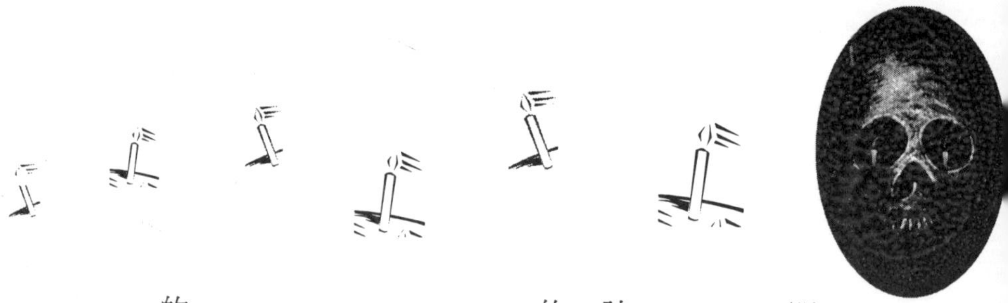

女孩推開了門，叫著「爸爸」，跑了過去。博士看到女兒，笑著攤開雙手。女孩撲向博士的懷裡。

「爸爸，你到哪兒去了？我好怕，我自己一個人耶！」

「啊！對不起，對不起！爸爸有重要的事情要辦，而且我想阿婆應該很快就會回來的。妳很寂寞嗎？對不起。不過，不用怕，沒什麼好怕的。」

「有啊，有妖怪……」

「咦！妖怪？在哪裡？」

「地下室啊！」

「什麼？妳到地下室去了嗎？妳看到什麼了？」

這時，戴著寬邊玳瑁大眼鏡（美國喜劇演員哈洛德．洛德所愛用）的博士，眼中露出光芒。以可怕的表情看著女孩。

女孩突然閉嘴不語，想起之前小林的吩咐。如果把這件事告訴爸爸，那麼可怕的骸骨就會向自己報復。

「我、我聽到地下室有聲音。」

「只有這樣嗎？妳沒有去地下室嗎？」

「沒有，因為我很害怕呀！」

聽到女兒這麼說，博士似乎感到很安心，瞇著眼睛微笑了起來。

「好孩子，好孩子！爸爸絕對不會再讓妳一個人留在家裡。對不起，爸爸告訴妳一些有趣的事情，妳坐上來吧！」

「咦！只能說有趣的事，不可以說可怕的事噢！」

女孩高興的跳到父親的腿上。

第四具骸骨

小林少年看到父女兩人在聊天，於是躡手躡腳的走下二樓，來到黑

暗的後院。他覺得四十面相好像還躲在附近，所以，決定繞庭院一周查看後再回去。

「三具骸骨說，下星期五的晚上八點要在地下室聚會。下次得先提早一步溜到地下室，找出骸骨的祕密來。也許就可以發現一些有趣的事情。」

小林一邊思索，一邊走進庭院的樹林中。

樹林中一片漆黑，必須用手摸索著前進。在黑暗中，小林盡量輕手輕腳，不要發出任何聲響，像貓一樣靜靜的走著。有時會停下腳步，觀察四周的動靜。當他停住腳步，正欲沿著大樹幹前進時，突然看到黑暗中有光芒瞬間即逝。

小林嚇了一跳，停下腳步。躲在樹幹後面，看著光芒閃動的方向。

原來有活的東西在那裡。聽到樹葉沙沙摩擦的聲響，那個東西正朝這裡走過來。

在黑暗中，看到一團金色的東西飄了過來。兩個大黑洞，金色的長牙齒，下面是金色的骸骨、腰骨、長手、長腳……是黃金骸骨，這裡竟然還躲著一具骸骨。

是不是先前在地下室看到的其中一具骸骨呢？不，小林知道不是的。因為之前的兩具骸骨搭乘汽車離去，另一具則爬上二樓，沒有看到它下來。如此說來，眼前的應該是第四具骸骨。現在又增加了一具骸骨。

小林看到之後，並不害怕，也沒有逃走。他離開樹幹後面，大膽的朝金色骸骨走去。

聽到黑暗中有沙沙的聲響，看到小小的人影出現，骸骨反而嚇了一跳。金色骸骨好像受到驚嚇似的，呆立不動。

骸骨和少年就這樣的互相看著對方。

「嘿嘿嘿……我知道，你就是小林偵探。」

骸骨搖動著金色的牙齒，用嘶啞的聲音說道。

「沒錯。我也知道，你就是四十面相。」

小林也不甘示弱的回答。

「嗯！很厲害，不愧是名偵探的愛將，我真佩服。我現在愈來愈喜歡你了。」

骸骨將金色的手臂交疊在肋骨前，笑了起來。小林也不服輸。

「我也很佩服你啊！一下子假扮警察，一下子扮成郵筒，現在又變成骸骨。而我從一開始就只是個小乞丐，真是不好意思。」

「嘿嘿嘿……看來我們兩個應該可以相處得很好。我真的很喜歡你，那麼你到底知不知道我的祕密呢？」

「我知道啊！你知道三具骸骨今晚在這戶人家的地下室聚會，所以在逃離劇場時，你就已經在警察的制服下面穿上骸骨襯衫。只要脫掉警察制服，立刻就可以假扮成骸骨。」

原來四十面相身上穿的是緊身黑色襯衫和褲子，並在衣服前後掛著金色的骸骨圖案。頭上罩著黑布，畫上金色的骷髏頭。在黑暗處，看不到黑色的襯衫和褲子，只看得見金色的圖案，感覺就像是真正的骸骨一樣。

在地下室的三具骸骨，當然也是活生生的人喬裝的。小林早就識破了這一點。因此，骸骨搭乘汽車，還有爬上二樓的骸骨消失，反而是女孩的父親出現，他一點也不驚訝。

穿著骸骨服裝的四十面相，聽完小林的話，覺得很有趣似的笑著。

「真厲害，我愈來愈佩服你了。這麼說來，你已經看到先前地下室發生的事情了。那麼你也應該已經識破那三個人喬裝改扮的伎倆囉？」

「沒錯。我知道那三個人當中，其中一個就是這裡的主人博士。而你為了得知他們的祕密，所以做了和他們一樣的裝扮，偷偷的溜到這裡來。」

「嘿嘿，原來連這一點你都發現了。但是，祕密到底是什麼呢？三

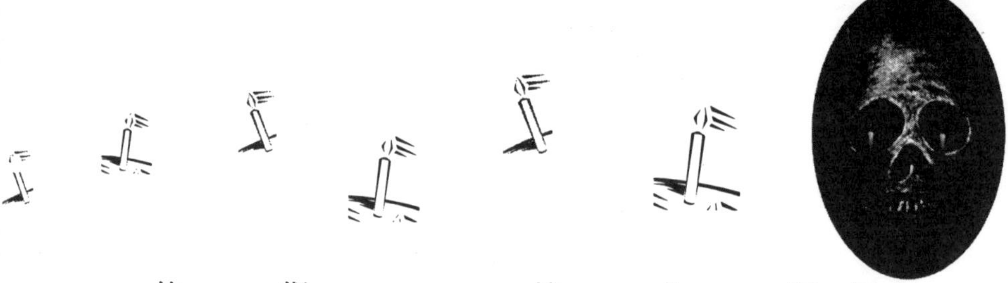

個男人喬裝成金色的骸骨，在地下室聚會，到底他們想做什麼？你知道嗎？」

「是黃金骷髏的祕密。想要找出這個祕密，是你接下來的大事業，你不是已經在『日本新聞』上公開發表過了嗎？」

眼見真相被揭穿，四十面相只好沈默不語。不過，他很快的就撫平情緒，往前踏出一步，用奇怪的聲音問道。

「那麼，你知道這個黃金骷髏的祕密嗎？」

「這我不知道，但是，我一定會找出來的。」

「是嗎？太厲害了，我真的很佩服你的智慧和勇氣。我現在要變魔術囉……你不害怕嗎？」

金色骸骨故意壓低聲音說著，又朝小林逼近一步，似乎想要伸手抓他。

在廣大漆黑的庭院中，即使出聲求救，也沒有人會來幫忙。博士和

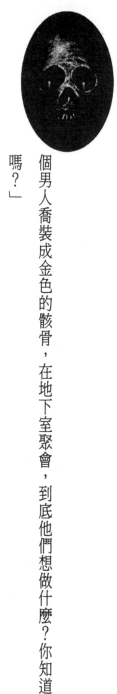

女孩雖然在洋房的二樓，但是從二樓跑到這裡來，需要花一段時間。在這段時間內，小林的嘴巴早就已經被堵住，無法出聲求救，只能乖乖的被抓走了。

小林想到這裡，不禁覺得毛骨悚然，想要逃走。

「哇哈哈哈……」

四十面相不知道想到什麼，突然開始大笑。彷佛瘋了一樣，用可怕而嘶啞的聲音狂笑著。

街魔

聽到這個笑聲，小林嚇得想要逃跑。他想，骸骨可能隨時會撲過來，抓住他，把他帶到不知名的地方去。

「哇哈哈哈哈……你怕了嗎？你好像在發抖噢！」

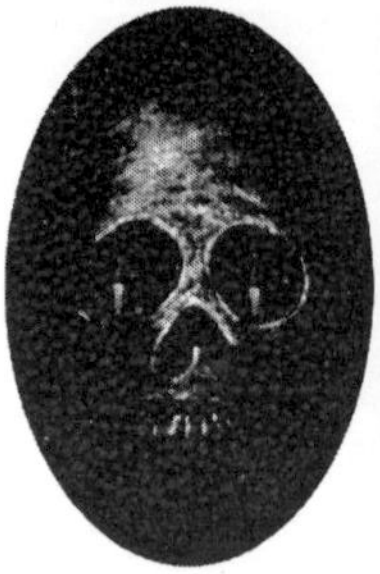

四十面相假扮的骸骨又朝小林逼近一步，用嘶啞的聲音說道。

「我才不怕呢！我只是要小心點，不要被你抓到。」

小林逞強的回嘴。

「哈哈哈……你還是很怕嘛！但是你安心吧，我不會對你做什麼的，因為你太可愛了。你跟蹤我，出現在我的面前，我覺得很高興。你甚至識破我的偽裝，有你這樣敵手，讓我覺得痛快得不得了。」

「嗯！那麼，你接下來打算做什麼呢？不管你走到哪兒，我都會跟著你的。」

「真有趣，隨便你吧！不過，今天晚上就到此為止，你不可以再跟蹤我了囉！」

「你想逃走嗎？」

「嘿嘿嘿……逃走？算了，你就當我逃走好了。我們還會再見面的，你一定還會再出現在我的面前。」

「你要怎麼逃走呢？」

「你有沒有聽到什麼聲音啊？那是引擎聲。現在從遠處慢慢的朝這裡接近了。」

在寧靜的夜晚，的確傳來汽車微微接近的引擎聲。小林知道這意味著什麼，但卻無計可施。金色骸骨轉個身，已經朝前方跑去。小林考慮半晌，隨即上前追趕，遠處不時閃耀著金色光芒的金色骸骨，在樹林中穿梭，跑到水泥牆邊，往上一跳，躍過圍牆頂上，跳到圍牆外。

身材矮小的小林，當然無法模仿他的動作。奮力往上爬，等到他煞費苦心爬到圍牆上之後，四十面相已經跳到牆外。

四十面相的動作實在是太精采了，小林看著他離去。雖然是敵人，但是，小林還是很佩服。

這時，一輛敞篷車正像箭一般從對面街角奔馳而來。在通過四十面相下方的圍牆時，金色骸骨縱身一躍，準確的落在汽車座位上。也就是

他從圍牆上跳到汽車裡，這真是絕妙的演出。

汽車絲毫沒有放慢速度，繼續的往前急馳，消失在下一個轉角處。當然開車的是早就和四十面相串通好的手下。

就好像街魔似的，原先還在那兒的骸骨和汽車，全都不見了，只留下一片死寂。

小林慢慢的跳到圍牆外，看著汽車消失的方向，佇立在那兒。敵人露這一手，實在是太漂亮了。那麼，小林輸了嗎？不，小林並沒有輸。最好的證據就是小林露出笑容，自言自語的說道：

「四十面相，真可憐啊！你逃不了的。下星期五你一定還會來這裡，到時候我們再一決勝負吧！下次輪到我出奇招了。啊！一切都只好等到星期五再說吧！」

小林說著，又笑呵呵的笑了起來。

巨大的昆蟲

話題轉到下個星期五的夜晚。地點是在博士的宅邸，時間是晚上八點之前。

博士宅邸的一樓微暗，在偌大的走廊上，可以看到一隻好像巨大昆蟲般的東西在那兒爬行著。

這隻蟲就好像獨角仙似的，又黑又亮，而背上則像蝦子一樣，有很多的節。也許應該說牠很像黑色的蠍子吧！

不過，這個像蟲一樣的東西，大小卻是獨角仙的幾萬倍，有如一隻大狗般的蟲。不是六隻腳，而是四條腿，靜悄悄的消失在走廊深處的黑暗中。在那裡應該有通往地下室的樓梯。

微暗的走廊又歸於平靜。這時，二樓有人的腳步聲響起。和上次的

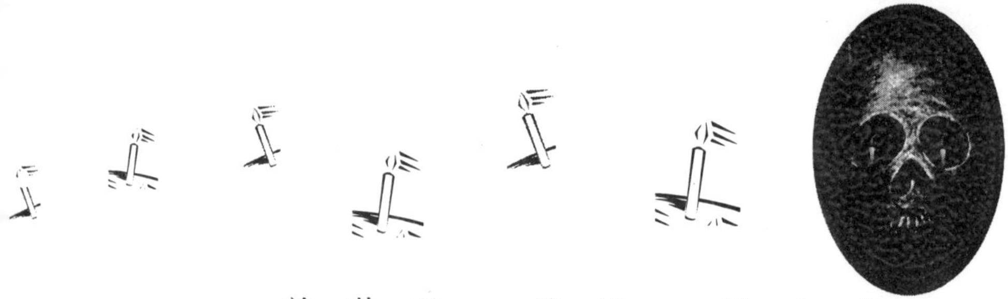

夜晚一樣，披著黑色披風的人，出現在走廊，沿著地下室的樓梯慢慢的走著。一定是這家的主人博士。而在黑色披風下面，當然還是穿著黃金骸骨的襯衫。

不久之後，玄關門打開，同樣披著黑色披風的人走了進來。好像黑影一樣，迅速通過走廊，走到地下室。應該還有一個人會來，否則人數沒有到齊。

不一會兒，又聽到玄關發出聲響，第三個披著黑色披風的人出現了，他朝著地下室的樓梯走去。但就在這時，走廊上一個房間的門突然啪的打開，在一片漆黑的房間裡又出現一個披著黑色披風的人。是和先前到地下室的兩個人不同的人物。也就是第四個黑披風。

看到這種情形，則從玄關進來的披著黑披風的人驚訝的停下腳步。

「咦！你好晚啊……」

可是，對方卻二話不說的就朝這兒飛撲了過來。

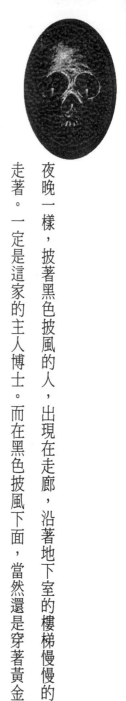

「你、你是誰……」

雖然想大叫，但是嘴巴卻被摀住，演變成可怕、無言的格鬥。兩個黑衣人好像蝙蝠似的，劇烈的纏鬥著，露出下方金色骸骨的裝扮。兩具骸骨就這樣糾纏在一起打鬥。

不過，這只是一下子工夫而已。將門打開，從房裡跳出來的第四個人物，立刻佔了上風，整個人跨坐在第三個人的身上。接著掏出大手帕，捲起來之後塞住對方的嘴巴，再取出事先準備好的繩子，將對方來個五花大綁。

獲勝的黑衣人，用雙手抬著被打倒的人的雙腳，將他順當的丟進自己之前走出來的黑暗房間裡。重新回到走廊，關上門，若無其事的慢慢沿著地下室的樓梯走去。

各位讀者，我想你們應該知道第四個黑衣人是誰吧！就是怪人四十面相。他假扮成其中一具骸骨，打算到地下室參與盛會，企圖揭開黃金

骷髏的祕密。

那麼，最初消失在地下室的巨大昆蟲，到底是什麼東西呢？各位讀者不妨試著想像一下吧！

一場鬥智的比賽即將展開。「黃金骷髏的祕密」是罕見的怪人與少年名偵探的勝負之爭。

三具黃金骷髏

三十分鐘之後，三個骸骨人圍坐在地下室的桌前，開始祕密交談。

「我想可能是讀法錯誤吧！大家把骷髏拿出來擺在桌上，換另一種方法解讀看看。」

其中一名金色骸骨說著，從黑色的披風中取出閃耀光芒的黃金骷髏，擺在桌上。

這是為實物一半大小的金製骷髏。用骷髏做裝飾品很奇怪。不過，既然是裝飾品，當然是人工打造的。愛收藏美術品的人，就會費心尋找這些東西。

另外兩個骸骨人，也同樣的把黃金骷髏拿出來擺在桌上。喜愛藝術品的美術家，不只打造一個，而是三個相同的黃金骷髏。但是，其中則存在著祕密。

一個骸骨人將黃金骷髏倒過來，將後頭部頸部之前的部分朝上，眼睛湊過去仔細瞧。

在後頭部的角落印著小小的字，不仔細看，根本不會發現。

「ゆなどき　んがくの　でるろも。我想了半天，還是不知道這是什麼意思，於是我將它橫著看。結果變成了ゆんで　ながる　どくろ　きのも。可是我還不知道這是什麼意思。どくろ三個字是有意義的，但是，連在一起之後，又有什麼意義呢?我們應該來比較看看。」

三個黃金骷髏擺在桌子的正中央，將後頭部朝上放在一起。三個人半身往前傾，好像覆蓋在骷髏上似的，盯著黃金表面的字。

ゆなどき
んがくの
でるろも

とだんき
すのをど
すおさく

むくぐろ
べへれじ
しとよま

三個人努力揣摩著這些字的意義，但還是想不出來。

「我想應該還是可以懂得部分的含意吧！如果從最右邊念，就是**きのもきどくろじま**。雖然不知道什麼是**きのもき**，但是**どくろじま**指的應該就是骷髏島的意思吧！」

當一個人這麼說時，另一具骸骨立刻點頭附和。

「沒錯，沒錯。如果是從右邊第二行來看，就是**どくろんをさぐ**

きのも
どくろ
ながる
ゆんで

きどく
んをさ
だのお
とすす

ろじま
ぐれよ
くへと
むべし

れよ。どくろ有意義，さぐれよ則應該是指去找找看的意思。不過，中間的這個んを，我就不知道是什麼意思了。」

另一具骸骨則看著第三行。

「ながるだのおくへと，這個意思很難懂耶！ながる是流的意思。可是接下來是什麼意思，就真的不知道了。おくへと意思是往裡面，是往裡面去的意思嗎？」

「第四行也有意義耶！ゆんでとすすむべし。我不知道ゆんでと是什麼意思，すすむべし是指應該前進，叫我們前進的意思。」

「嗯！已經可以慢慢掌握它的意思了。我們將剛才所解讀的意思寫在紙上吧！」

其中的一個骸骨人，可能就是這裡的主人博士吧！他將紙攤開在桌上，用鉛筆寫了以下的幾個字。

きのもきどくろじま

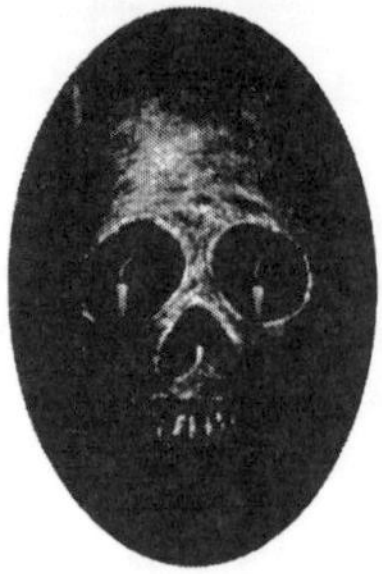

どくろんをさぐれよ
ながるだのおくへと
ゆんでとすすむべし

三個人在口中反覆念著這些奇怪的字，不停的思索著。最後其中一個人突然拍膝大叫：

「我知道了，不是三個，而是有四個。我們一直認為黃金骷髏只有三個，但是，這些字之所以一直無法完整的串連起來，其實是還有一個黃金骷髏。你們看，きのもき　どくろん　ながるだ，其中不能連接起來的，就是這個もき、ろん和るだ的部分。也就是在も與き、ろ與ん、る與だ之間應該還有其他的字。換句話說，應該還有一個我們所不知道的黃金骷髏。」

「是的，除此之外，沒有更合理的解釋了。」

「但是，另外一個黃金骷髏到底藏在哪裡呢？光是找這些就已經很

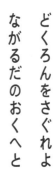

麻煩了。雖然我們三個人成立俱樂部，穿著這樣的骸骨衣服聚集在此，可是在此之前，卻已經費了好大的一番工夫。我已經覺得很厭煩了。」

「不，在還沒有達到我們的大目的之前，必須再辛苦一陣子，不可以現在就放棄……。集合我們三個人的力量，一定要努力找出另一個黃金骷髏。不管發生什麼事，都務必要找到。這樣才能發現幾百億、幾千億的大寶庫。」

夜已深了，三個人商量了一會兒之後，約定下星期五再聚會討論。於是兩個客人又裹著黑披風，離開了博士的家。

博士送兩人到玄關，再次回到地下室，坐在桌前，看著寫在紙上的文字，不停的思索著。

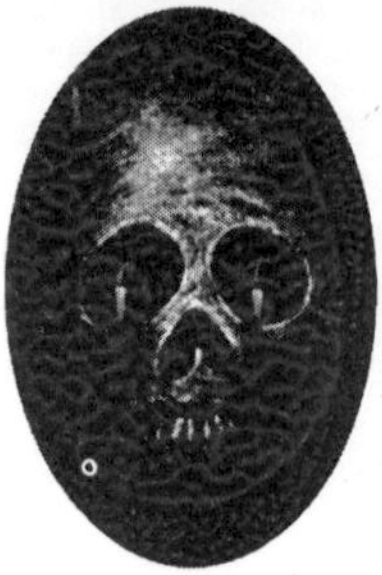

會走路的百科全書

博士用鉛筆在紙上寫字，不斷的思考著。而在地下室的一邊，卻發生了不可思議的事情。

這個地下室是博士的祕密研究室，三面牆都是書架，高達天花板，塞滿了日本和西方國家的書籍。在其中一面書架的最下層，放置著二十本的西洋百科全書。而現在這些百科全書竟然像是活生生的生物一樣，在那兒蠢動著。燙金文字的書背的正中央，就好像蛇在那兒曲曲彎彎爬行似的，不斷的移動。難道這棟洋房真的是妖怪屋嗎？

這些百科全書就放在博士的身後，所以，他當然不知道房間裡發生了這等怪事。

百科全書移動的方式愈來愈激烈。二十本的大書，如同波浪般的搖

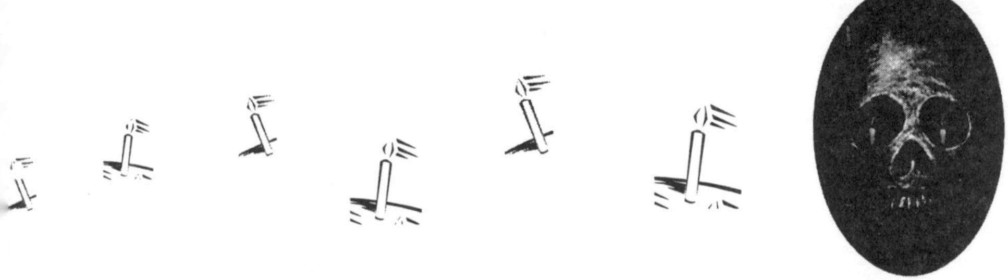

晃著。不一會兒，二十本書從書架上滾落了下來。

然而就在書滾落到地面上時，卻發現它不是書，而是像巨大的昆蟲般的東西。原來二十本書的書背相連，如波浪般起伏。不過，書沒有內頁，只有書背，書的裡面是大的生物。

也就是說，在一隻生物的背後，看起來好像二十本書相連的書背部分，彷彿烏龜似的，在那裡不斷的移動著。

仔細一看，原來是貼著百科全書書背的生物，用四隻腳在那兒慢慢的爬行。就是這個，就是這個！先前在微暗的走廊看到好像獨角仙或蠍子般的奇怪生物，就是這個背著百科全書書背的怪物。書背燙金的文字正閃耀著光芒。

接下來，又發生更奇怪的事情。怪物突然用後腿站了起來，怪物的臉因而可以看得清楚。但令人驚訝的是，這是一張少年的臉。而且不是別人，正是小林少年的臉。

在前天晚上四十面相逃走之後，小林面露笑容，就是因為他想到了這個妙計。既然對方可以變成郵筒，那麼，我也能夠假扮成百科全書。他的心中突然湧現這個奇怪的想法。

小林很想知道三個骸骨人所說的事情，但是，如果只是從門縫中偷窺，則不僅聽不清楚，甚至還可能會被發現。在地下室裡，沒有可以藏匿的地方，所以他靈機一動，扮成書架上最大的書。

於是，小林從明智偵探事務所向裝訂廠訂製二十本與地下室的百科全書一模一樣的書背，並將它們連接在一起，變得像龜殼一般，最後把它們背在背上。

在無人的地下室裡，抽掉真正的百科全書，放在走廊角落的置物櫃裡，然後自己縮起手腳，爬進書架裡。蓋上百科全書書背，屏氣凝神的等待骸骨人的到來。二十本書的書背足以隱藏他的身體，因此，任何人都會以為擺在書架上的是百科全書。

忍術有水遁術、火遁術、木遁術等，而小林發明的，應該是「書遁術」。在眾人面前，竟然沒有被拆穿，的確可以稱得上是忍術了。

四十面相喬裝成金色骸骨，溜進博士的宅邸。而小林少年則假扮成百科全書，躲在地下室。這次的變裝秀，到底誰會獲勝呢？我想，比起骸骨而言，發明「書遁術」應該是技高一籌吧！

最好的證明是，四十面相完全沒有發現小林躲在地下室，而小林卻知道四十面相喬裝成三具骸骨之一，加入先前的密談。

背上背著百科全書書背，站了起來的小林，視線越過博士的肩膀，看著坐在桌前思考的博士面前紙上的字。

假扮成金色骸骨的博士，正在努力的思索著，根本沒有察覺到背後有這樣的怪物在偷窺。手上的鉛筆仍不停的在書寫著。

骷髏的祕密

就在這時，骸骨博士突然回頭。可能是因為小林的呼吸傳到博士耳後的緣故。

骸骨的兩隻大眼睛和假扮成百科全書的少年的眼睛，好像噴火似的，互瞪著對方。

「你是誰？你從哪兒進來的？」

金色骸骨的嘴劇烈的移動，用低沈的聲音問道。

「我是為了追趕四十面相而來的。我是明智偵探的助手小林。」

「是嗎？我知道明智偵探，也聽說過他有一個絕頂聰明的助手小林。但是，小林怎麼會跑到我家來呢？四十面相不在我家呀！」

「他在，剛剛才走出去。」

「你在胡說八道些什麼！這裡除了我之外，就是另外兩具骸骨。兩個人都是我的親戚……。我們正在商量祕密的事情。穿上骸骨的襯衫在進行密談，絕對不是在做什麼壞事。根本沒有看到什麼四十面相。」

「不對，四十面相喬裝成其中一具骸骨。他就是為了想要知道你們的祕密而來的。」

「不，不可能。偽裝的人怎麼可能擁有黃金骷髏呢？我們每個人都有一個黃金骷髏，這就是最好的證明。」

「好吧！那麼，我就讓你看看證據。它應該就在一樓的某個房間裡吧！」

小林向博士招手，走到門外。博士聽他這麼說，心裡也開始產生懷疑。於是和小林一起走上地下室的樓梯，來到一樓的走廊。

小林帶頭，逐一推開走廊上的門，朝裡面張望。就在推開其中一扇房門時，停下腳步，回頭看著博士，好像用眼神在說「就是這裡」。

博士立刻走了進去，原本空無一物的房間，竟然有一具金色骸骨躺在那裡，嘴巴被堵住，手腳被綁住。

兩個人驚訝的跑到他的身邊，拿掉堵在他嘴巴裡的東西，為他解開繩子。這個人就是博士的親戚之一。他先前走在走廊上，突然遇到與自己身穿同樣骸骨襯衫的男子跳出來。結果竟然被對方五花大綁，而且身上的黃金骷髏還被搶走。

博士將這名骸骨人和小林請到書房，坐在椅子上。博士取下骸骨的蒙面布，露出原來的臉。

他正是小林先前看過的這家的主人博士。半白的頭髮與山羊鬍子，和他先前看到的一樣。博士拿起桌上的眼鏡戴上，看起來更像當時小林看到的那張臉。

被綑綁在空房間裡的骸骨人，也拿掉了蒙面布。同樣是五十多歲的中老氣派紳士。頭髮稀疏，圓圓的臉，沒有留鬍子。

博士向這位紳士說明了先前發生的事情，然後對小林說道。

「小林，你是我們的同志，我們有共同的敵人，那就是怪人四十面相。」

「沒錯，我和四十面相這傢伙有深仇大恨。既然知道他想挖掘你們的祕密，我當然會協助你們，阻撓四十面相。不過，關於黃金骷髏的祕密，到底是怎麼一回事啊？我完全不知道，請你們告訴我吧！」

小林直接了當的詢問。

「噢！你應該已經聽到黃金骷髏的暗號句子，我不想再隱瞞你。事實上，我們在尋找幾百億、幾千億的龐大寶藏。如果能夠解開先前你在地下室所聽到的暗號，那麼就可以找到寶藏了。

詳情待會兒再告訴你。總之，就是距今一百年前，有個人將龐大的金塊埋在某處。埋藏的地點則以暗號刻在三個黃金骷髏上。

我花了很多時間，才發現這件事。雖然我已經知道黃金骷髏的事，但是，之前為了找到另外兩個人，真的是煞費苦心。好不容易找到擁有黃金骷髏的兩個人之後，才一起研究暗號。

不過，我們可不是小偷。因為一百年前，埋藏金塊的是大阪的有錢人黑井惣右衛門，我是他第四代的子孫黑井十吉，一直在大學教授德國文學。這位則是縫紉機製造公司的社長松野先生，也是惣右衛門的子孫。至於先前已經回去的另外一位，則是貿易公司的社長八木先生，他也是惣右衛門的子孫。也就是說，我們只是在找尋祖先的寶藏。」

「我知道了。不過，原本你們認為擁有黃金骷髏的惣右衛門的子孫是三個人，但其實應該是四個人吧？」

小林少年想起剛才在地下室聽到的事情，詢問道。

「是的，我想只有這個解釋最合理。」

「啊！一定是這樣的！四十面相那傢伙一定早就知道另一個黃金骷髏，否則他不會費盡心思的混入你們的會議中。」

聽到這麼說，黑井博士臉色大變，不禁從椅子上站了起來。

「噢！是嗎？糟了，那傢伙可能已經解開了暗號。小林，你為什麼不早點告訴我這件事情呢？萬一讓他逃走，後果就不堪設想了。」

「不，他逃不掉的，我一定會抓住他的。」

「咦！抓住他，你要去哪裡抓他……」

「我擁有青少年機動隊（出現在第五集的『青銅魔人』中），有很多的手下。今天晚上，在我溜到這裡之前，已經將其中的二十名青少年安排在住宅周圍監視，四十面相逃不掉的。一定會有人來通知我，我非常相信他們的能力。」

小林可愛的蘋果臉變得極為紅潤，他很有自信的說著。

青少年機動隊

故事要先暫時拉回較早的時間。

這是地下室的祕密會議結束後，兩個骸骨人離開後不久所發生的事情。

在博士宅邸後面的水泥牆旁，停著一輛敞篷車。駕駛好像正在等人似的，看著圍牆上。

這時，突然看到圍牆上有東西出現，原來是金色骸骨。看起來就好像是從黑暗的空中竄出來似的。頭以下沒有軀幹，仔細一看，原來是被大披風給裹住了。

汽車靜靜的發動，來到骸骨的下方時，彷彿大蝙蝠在空中飄浮一般，披著大斗篷的骸骨人，跳到了汽車的座位上。動作和前幾天某個晚

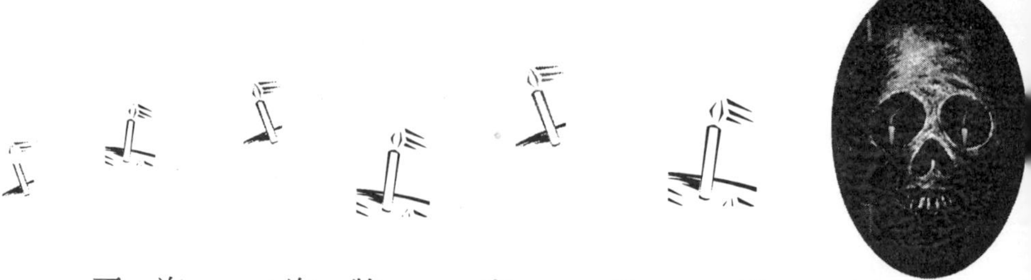

上一樣，當然他就是怪人四十面相。

等到四十面相坐好之後，汽車立刻加速離去。轉個彎，好像黑色旋風般的消失了。

奔馳了二十分鐘，汽車來到荒涼的街上。雖然這裡有幾家商店，但是因為夜已深，所以店門幾乎全都關了。

一個老人從停住的汽車上走了下來，走在黑暗的街道上。身穿茶色寬鬆的衣服，膨鬆的白髮不時的朝左右飛動，步履蹣跚的走著。

咦！怎麼會是老爺爺坐在車內呢？在喬裝成骸骨的四十面相從圍牆跳下來時，並無其他人坐在車上啊！那麼，四十面相到哪兒去了呢？汽車上只剩駕駛而已，四十面相什麼時候和這個老爺爺互換了呢？

不，並不是互換，而是四十面相假扮的。脫下骸骨襯衫，戴上放在汽車上事先準備好的假髮，換上茶色的衣服，偽裝成老人。擁有四十種不同面貌的傢伙，要扮成老人並不是什麼難事。

老人在街上裡走了三十公尺，走進一間看起來很骯髒的舊道具店中。店門前有石頭做成的地藏菩薩，是一條由小石子鋪成的路。

老人走進店中，裡面擺著老舊鎧甲及大佛像等，還有個小桌子。這時，有個十四、五歲穿著骯髒的小徒弟跑出來。來到老人的面前，恭謹的鞠躬。

「您回來啦！」

「嗯！回來得有點晚，有沒有發生什麼奇怪的事呢？」

四十面相連聲音聽起來都像老人。

「沒什麼事情。自從老闆離開之後，就沒有客人進來。」

「是嗎？那麼你也趕快去睡覺吧！我來關門。」

小徒弟又恭謹的鞠躬之後，跑回黑暗的內屋。看來四十面相這會兒喬裝的是舊道具店的老闆。

奇怪的事情，還不只這個而已。老人下了車之後，汽車又發生了奇

怪的事。

這輛新型的汽車，後方突出，就好像行李箱似的。在老人下車之後，行李箱蓋無聲無息的被打開了。就在這時，有個臉塗得骯兮兮的孩子從裡頭溜了出來。他的頭髮很長，穿著破爛的衣服，是個十三、四歲的少年。

少年朝左右張望，好像兔子般的跳了出來，然後又蓋緊行李箱的蓋子。駕駛的目光因為一直落在前方，所以沒有察覺到這件事。在少年跳下來之後，汽車就開走了。

少年彷彿老鼠似的，慢慢的接近老人走進去的那間舊道具店。躲在石頭做成的地藏菩薩身後，偷窺店裡的動靜。

這時，他看到老人拿起桌上的電話聽筒，用嘶啞的聲音說道：

「是的，今天晚上不回來嗎?好，那麼我明天早上再打電話過去好了。請通知他一聲，好、好，再見。」

老人掛下聽筒，面露不悅的表情。

「沒辦法，那麼我也只好睡覺了。」

於是老人走到入口處準備關門。看到老人出來，少年趕緊離開石製地藏菩薩旁，又像老鼠似的，一溜煙的離開現場。

拐了兩個彎，那裡有一個公共電話亭。

少年立刻跑進電話亭，拿起聽筒，撥了號碼。對方接了電話。

「是朝日藥局嗎？請青少年機動隊的三吉接電話……噢，三吉啊！我是千太。向你報告的事情，立刻告訴小林團長。」

將先前看到的事情，很快的說了一遍。

朝日藥局位於距博士宅邸不遠處的街上。小林事先已經拜託藥局的老闆，讓青少年機動隊的三吉留在那裡待命。等到接了電話，就馬上到博士的宅邸通知。

接到千太電話的三吉，跑到博士宅邸，把事情的始末告訴小林。

小林少年的危難

第二天上午八點左右。

四十面相所假扮的舊道具店的老闆，坐在被大佛像、老舊的鎧甲、人偶及刀劍等圍繞的小桌前。耳朵貼著聽筒。

「喂、喂，宮永先生嗎？嗯！不是啊？喂、喂，是不是九段三八五○號啊？啊，對不起！」

老人掛上聽筒，再撥一次電話號碼。

「喂、喂，是九段三八五○號嗎？是宮永家嗎？我是美術商福井，我想和宮永先生談話。是、是，我有事想告訴他……」

老人說話時，身後有東西在晃動著。這是個陳列許多美術品，即使白天也有點昏暗的房間。現在竟然有東西在動。

老人的身後，掛著老舊的鎧甲，鐵都已經生鏽，線都已經爛掉了，看起來很骯髒。不過，鎧甲很高大，看起來彷彿有個人站在那兒。上面戴著頭盔，下面則是紅銅色，如面具般的臉頰。

鎧甲就好像活生生的東西一樣，在移動著。上半身彷彿機械人似的，不斷的往前傾，正在聆聽老人講電話的聲音。就在這時，在頭盔和蓋住臉頰的縫隙，有光芒在閃爍。看起來很像玻璃，仔細一看，竟然是人的眼睛。

老人似乎一點都沒有察覺，繼續講電話。

「啊！宮永先生嗎？我是福井，你早。啊，對！上次你說的那個東西，我想拜託你讓給我。是的，我真的很喜歡，因為它的手工精細，實在很少見。價錢啊？就照你所說的好了。嘿嘿嘿，是，是，我想再看一次。那麼我立刻就去拜訪你，方便嗎？是的，大概在九點左右，我會前去拜訪。打擾你了。」

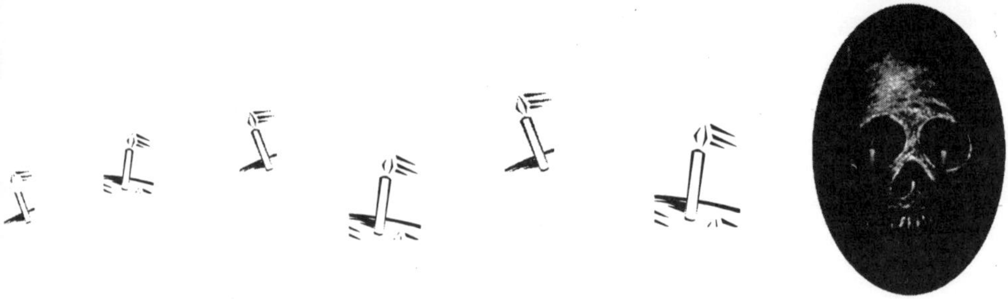

掛上聽筒，老人面露微笑。他的易容術的確非常高明。佈滿皺紋的臉，白色的眉毛，膨亂的白髮，連老花眼鏡後方的眼神，都和老人沒有兩樣。

老人從椅子上站了起來，好像正準備去戴帽子。可是不知道想到什麼，突然嚇了一跳，佇立在原地。不一會兒，老人佈滿皺紋的嘴角突然往上揚，露出相當難看的笑容。眼睛瞪著某處，停留在那個奇怪的鎧甲身上。

「嗯！太幸運了，我差點就沒有注意到。這個鎧甲有點奇怪噢！」

仔細凝視，發現鎧甲好像有呼吸似的，微微的動著。

「嘿嘿，你害怕了嗎？是不是在發抖呢？鎧甲怎麼可能會發抖呢？當然是因為裡面躲著人。

你是誰啊？我猜猜看。是不是不良少年偵探啊？啊，不對、不對。哎呀，還露出了一張臉啊！我知道是誰了。」

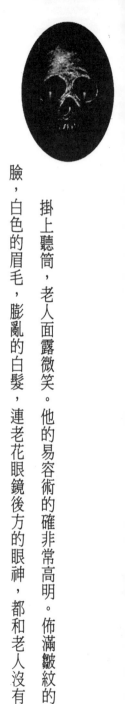

老人伸出手，拿掉頭盔，看著露出來的圓臉。原來是小林少年。

「正如我所想的，你真的很聰明，怎麼知道這個地方呢？難道你感覺到這個老闆就是四十面相？我真的怕得不得了耶！如果我的眼睛沒有注意到這個鎧甲，可能又要被你騙了。喂，小林！你知道我太多祕密了，我不能再放過你了。我得讓你吃點苦頭才行。」

說完之後，老人從口袋裡掏出大手帕，塞住小林的嘴巴，避免他出聲求救。然後脫掉鎧甲，夾住小林小小的身體，沿著房間角落的樓梯爬上了二樓。

二樓有一間用厚重木板門隔著的房間，而這個木板門上了大鎖。

老人打開木板門走了進去，從角落的抽屜裡拿出細麻繩，把小林扔在榻榻米上，仔細地綑綁住他的手腳。

「這樣就好了，你忍耐一陣子，我不會讓你死的。」

老人說完之後，走到外面，關上木門，上了鎖。走下樓梯，腳步聲

消失之後，四周變得非常安靜。

小林就這樣躺在榻榻米上，看著房裡的一切。左右側都是牆壁，一邊是木板門，另一邊則有窗子。不過，有鐵條圍著，根本無路可逃。

小林真的輸了嗎？先前四十面相打的電話，到底是什麼意思呢？「那個東西」指的難道就是第四個黃金骷髏嗎？如果真的是，那麼在小林被監禁的這段期間，四十面相就能輕易的得到黃金骷髏，同時解開暗號。如此一來，就會比真正的擁有者博士等人早一步得到寶藏。

小林真的輸了嗎？不、不，還沒輸呢！雖然是少年，但卻機智過人的小林，當然會留一些王牌。

四十面相約宮永這個人在九點見面，只剩下四十分鐘的時間了。沒有出口的密室，全身又被綁住的小林，在這麼短的時間內，要如何阻止四十面相呢？

看起來似乎已經真的沒有機會，那麼小林真的輸了嗎？

魔法道具

各位讀者，請看，手腳被綑綁而倒在榻榻米上的小林，臉上露出的不是絕望、放棄的神情，反而笑了起來。雖然原本的蘋果臉頰顯得有點蒼白，但還是自信十足。

小林很有自信，也許他真的已經做好了萬全的準備。能夠解開繩子，逃離密室，建立抓住四十面相的大功勞。假扮成百科全書的小林，或許也會變魔術呢！

仔細一看，雙手被反綁的小林，右手手指像機械般的活動著，尤其是食指和中指，完全沒有停下來的跡象。

不到一分鐘，一根繩子啪的斷裂。繩子鬆掉後，小林恢復了自由。

當然，小林不是用手指割斷繩子，而是用夾在手指之間的安全刀片

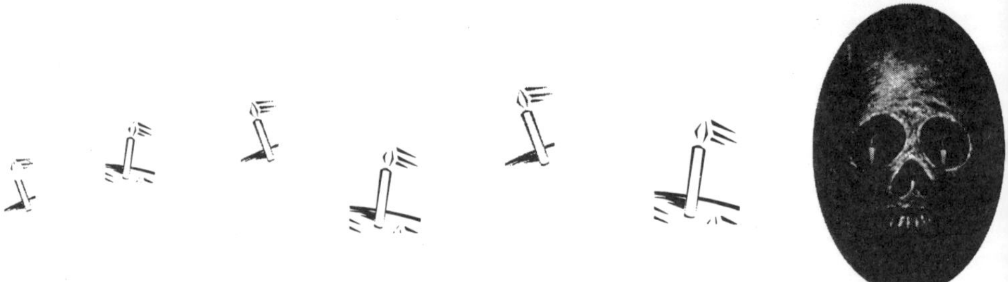

割斷的。他從先前在鎧甲中被發現，要被帶到二樓時，就已經用手指夾住藏在口袋裡面的刮鬍刀片了。

雙手恢復自由後，拿掉塞在嘴巴裡的東西，割斷腳上的繩子，終於能夠自由行動。

小林站了起來，推入口的門，但是門卻文風不動，果然被上了鎖。於是轉身拉開壁櫥的門，查看裡面。

「嗯！有好東西，就利用這個東西好了。」

一個人自言自語的說著。從壁櫥中拿出三個坐墊，擺在榻榻米上。掀起穿著的毛衣，拿出藏在腹部的一個小包袱，盤腿坐了下來，打開小包袱。

包袱裡有三個二十公分長的竹筒，三、四個扁汽球和鐵絲。

看著這些東西，小林獨自笑了起來。看來這些奇怪的東西就是他的魔法道具。

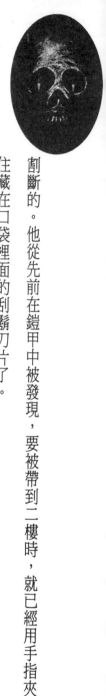

小林看看小包袱裡的東西，先取出一個汽球吹氣。汽球逐漸膨脹，顏色很奇怪。一半是黑的，另一半則是略帶黃色的白色。吹成如小林的臉一般的大小，看起來就好像是小林的臉一樣。

真的像是人臉。汽球變成了好像帶有人的脖子的臉形。頭是黑的，耳朵和鼻子突出。眉毛、眼睛和嘴巴，五官俱全。而且是一張和小林一模一樣的臉。

小林用線綁緊汽球，拿到自己的眼前，互相比對一下。

「嘿嘿嘿……做的真好！和我一模一樣，就好像在照鏡子似的。」

小林說著，用手指彈了彈汽球。這時，和小林模樣相同的汽球，好像在說「不要、不要」般的，頸部朝左右搖晃。

小林到底要用這個汽球做什麼呢？三個坐墊、三個竹筒和鐵絲，這是什麼樣的魔法道具呢？竹筒很像放煙火時用的竹筒。汽球、煙火、坐墊和鐵絲，各位讀者，你們知道小林的用意嗎？在看下一章之前，不妨

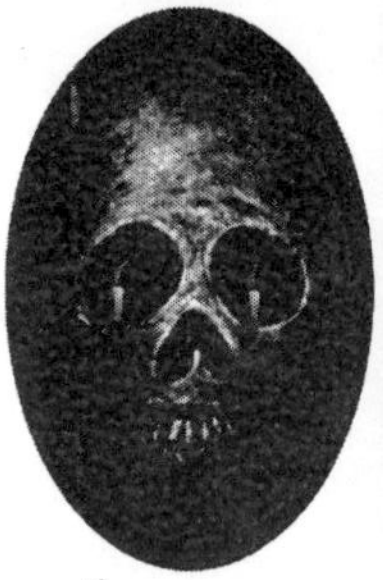

先猜猜小林的魔法吧！

假扮成老人的四十面相，把小林關在二樓，安心的準備外出。整理桌上的東西，鎖好金庫，吩咐小徒弟看家。

正要出門時，突然聽到叫聲。

「失火了！失火了！」

二樓傳來驚叫聲。

吃驚的跑到樓梯下往上看，看到二樓冒出白煙，二樓好像失火了。大叫的人依稀是小林。少年被關的房間裡，不斷的冒著煙。

「糟糕，一定要救出小林才行……」

四十面相著急的想著。即使他會做壞事，但絕對不殺人，這是他的驕傲。萬一小林死掉，那麼他堅持的信念就會毀於一旦。

跑到二樓的四十面相，發現囚禁小林的木板門房間縫隙，冒出黃色的煙。不必懷疑，裡面的確發生了火災。

小林的叫聲突然停止，可能是被濃煙嗆昏了。

四十面相趕緊從口袋中掏出鑰匙。他把整棟住宅的鑰匙串在鑰匙鏈上，隨身攜帶。取出其中一把鑰匙，打開木板門上的鎖。

打開門後，一陣煙霧迎面撲來。四十面相閉上眼睛，倒退了幾步。很快的又張開眼睛，看著煙霧裡的情景。看到小林少年被綁在房間的角落裡。

四十面相用手帕掩住口鼻，鼓起勇氣衝進房內。當時他並沒有察覺有個矮小的身影竄出房間，把木板門關上，同時上鎖。四十面相只注意到倒在裡面的小林，焦急的朝那兒跑過去。

進入房間之後，發現煙並不大，也沒有看到火苗。不過，四十面相根本無暇細想，立刻來到小林的身邊，想要救他。

但是，手一碰到小林的頸部時，突然又縮了回來。因為他發現有異狀。小林的頸部突然離開身體，在空中飄浮。彷彿妖怪似的，飄到另一

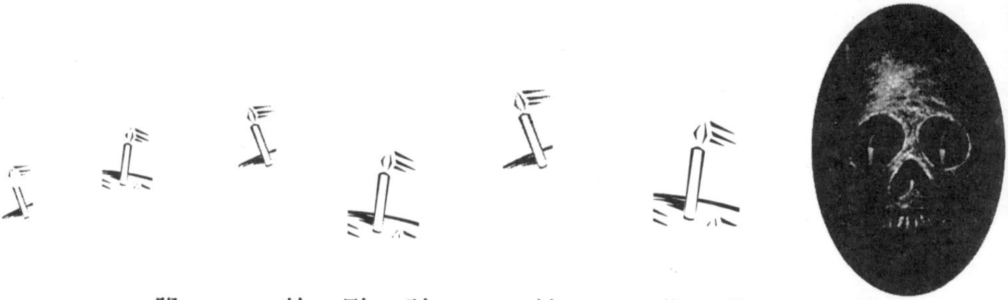

邊滑落下來。

看到這種怪異的景象，四十面相不禁嚇了一跳，立刻四處找尋小林的身體。結果卻發現是坐墊罩著灰色大包巾，被繩子綁住，只是看起來像人的軀幹而已。

查看周圍，並沒有發現火苗，只有三根竹筒不斷的冒出煙霧。這個竹筒並不是煙火，只是點燃之後會不停冒煙的發煙筒罷了。

這就是小林的魔法。和忍術的火遁術非常類似，但是不會著火。應該算是煙遁術吧！也就是說，利用汽球、坐墊和包袱，假扮自己的身體。點燃發煙筒，從門縫讓煙往外冒，再大叫「失火了！失火了！」以引誘敵人過來。當敵人只注意到假扮的人偶時，小林就趁機逃出房裡。

小林早就已經設想好，溜進舊道具店後，萬一被四十面相抓住時的脫逃用具。

包袱裡的鐵絲好像沒有用到，那麼這是為什麼而準備的呢？其實如

果這個房間沒有坐墊，就可以利用鐵絲做成人的身體。將鐵絲拉長，再彎成人的形狀，上面再蓋上包巾，看起來就比坐墊更像人的身體。包巾很大，顏色和小林身上穿的毛衣、褲子相同。因此，小林早就設想好可能發生的情況，準備好這些道具了。

等到四十面相發現這一切時，小林已經逃到遠處。即使是詭計多端的怪人四十面相，這回也要認栽了。

四十面相心想，小林一定會通知警察自己的藏身處，也許警察正趕來這間舊道具店呢！

既然如此，就不能到電話中約定好的宮永家去。躲在鎧甲中的小林，當然已經知道電話的內容。

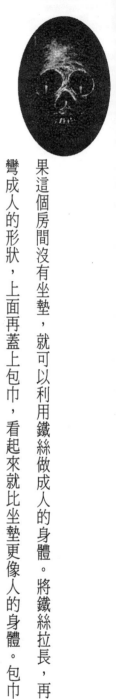

又或許小林已經利用電話簿查出宮永家，並繞到那裡去等他，準備抓住自己。警察一定已經在那裡埋伏。

一時之間，四十面相沒了主意。但是，他真的輸給小林，向他投降了嗎？難道他會就這樣放棄宮永的黃金骷髏及舊道具店而逃之夭夭嗎？不、不，怪人四十面相絕對不是這麼懦弱的男子。

他非常喜歡這種冒險，愈是遇到危險的事情，他愈是快樂，邪惡的智慧更會因此而湧現。

四十面相將三根發煙筒從窗口扔到庭院去，打算走出房間時，卻發現入口的木板門，已經被從外面上了鎖。這次輪到四十面相被關在密室裡了。

四十面相笑了起來。對他而言，木板門根本微不足道。

用力撞木板門，撞了兩、三下之後，木板門發出破裂的聲響，被撞出一個大洞。四十面相徒手將洞破壞得更大，再從大洞鑽了出去。來到門外，笑著走下樓梯。

接下來，四十面相到底有什麼打算？他要如何逃出這個危險的困境呢？

「現在輪到我四十面相發威了。你們這些可惡的不良少年偵探，給我記住！」

四十面相嘴裡不停的咒罵著，開始著手準備。

明智偵探登場

小林少年將四十面相鎖在二樓的房間裡，而自己衝出舊道具店時，急忙的跑到原先看過的附近的公共電話亭，迅速翻閱著電話簿。

小林記得先前偷聽四十面相講電話時，曾經提到宮永這個姓，以及九段三八五〇號的地址。聽過一遍絕對不會忘記的小林的這雙地獄耳（聽過永遠不忘，專門善於聽別人私密），對偵探而言，是不可或缺的條件。

小林翻閱電話簿，看到宮這個字，立刻往下找宮永這個姓。找到九段三八五〇號。原來主人是宮永庄太郎，地址清楚的記載位於靖國神社附近的某個街道。

確認之後，小林拿起聽筒，打電話回明智偵探事務所，通知明智老師。

「老師，我是小林。我剛才把那傢伙關在舊道具店的二樓，跑到公共電話亭打電話給你。嗯！是用汽球和發煙筒……。那傢伙九點要趕到九段的宮永家。宮永這個人似乎擁有第四個黃金骷髏。那傢伙假扮成舊道具店的老闆，好像打算要去買這個東西。宮永的住址是……」

小林說出姓名和地址。

「我立刻趕過去，老師，你也來吧！我只是個孩子，對方不會相信我說的話。雖然我不想麻煩老師，但是這次你一定要幫忙，否則可能會功虧一簣。另外，請老師打電話通知警方……。啊！那傢伙，不行啦！他現在一定已經踢破二樓的門逃走。所以，請老師趕快打電話給宮永這

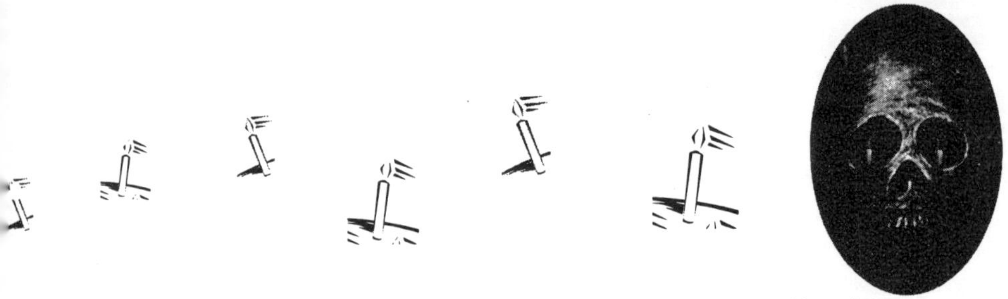

個人，不管是誰過去，都不要見他。地址是九段三八五〇……。我現在就攔計程車，趕到宮永家去。老師，你也趕緊過來噢！」

扼要描述現在的情況。聽到明智老師回答「知道了」之後，立刻掛上電話，離開公共電話亭。

等了很久才攔到計程車的小林少年，趕到九段的宮永家時，已經九點十分了。

宮永家位於靖國神社附近，為寧靜住宅區的豪門宅邸。走進大門內，按玄關門鈴，年輕的傭人走了出來。

「我是明智偵探事務所的小林，明智偵探應該有打電話過來吧……」

這時，傭人笑著說道：

「是的。明智先生已經來了，他說你也會來。」

傭人帶著小林到客廳去。

「不愧是老師，動作真快啊！」

小林很佩服似的，跟著傭人來到氣派的西式客廳。明智老師和主人宮永先生正坐在桌前談話，而桌上則擺著曾在黑井博士宅邸地下室看到的，一模一樣的黃金骷髏，閃耀著光芒。

「啊，小林，你真慢耶……。宮永先生，他是我的助手小林。雖然還是個孩子，但是在這個事件中，都是由他一個人獨力完成的噢！」

明智偵探介紹完之後，主人宮永笑著說道：

「噢，小林啊！我在報紙上已經看過你的事情，但沒想到你是長得這麼可愛的少年。來，請到這裡來。之前明智先生正在談論著你的功績呢！」

請小林坐在桌前的沙發上。

宮永是年約五十歲的氣派紳士。頭髮斑白，鼻梁上架著細框眼鏡，蓄著鬍子，身穿和服，坐在大沙發上。

「宮永先生，正如我先前所說的，小林把假扮成舊道具店老闆的四

十面相關在一個房間裡，但是，我們不能因此而放心，因為他很快就會逃離那裡。也許現在已經喬裝成別人，來到你們家附近了。」

聽到明智這麼說，宮永覺得很不自在的看看四周。

「我一直都沒有想到這個老人的道具店，竟然是有名的四十面相開的，他的變裝術真的讓人驚訝。如果你們不來，我可能早就把這個黃金骷髏賣給他了。這是十年前，我在某個道具店得到的東西。但是，我卻不知道原來這個東西大有來頭。」

「沒錯，四十面相就是想要得到這個東西。就黃金的價值而言，它的確很貴重，但是刻在骷髏下巴部的小字，價值才更驚人，高達幾百億、幾千億。對了，四十面相已經看過這些字了嗎？」

當明智詢問時，宮永點點頭。

「嗯！看過了。不過，既然他要買這個骷髏，表示他應該還沒記住上面的字，也許他是怕另外三個人早一步買走吧！」

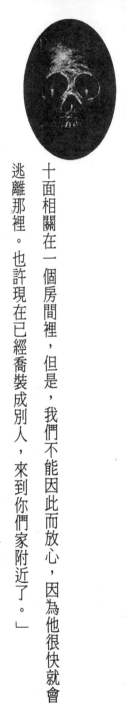

「可能是吧！但是，這些字到底是什麼意思？不抄在紙上，應該很難記住……。這些字真的很奇怪。」

明智說著，眼睛盯著黃金骷髏看。如豆般的小字，寫著如以下三行的句子。

ゆるのり

んなさと

でんがざ

「ゆるのり、んなさと、でんがざ到底是什麼意思啊？根本看不懂。宮永先生，你對這些字有什麼看法？」

「這是很珍貴的美術品，我也曾經拿給朋友看過，但是，沒人知道是什麼意思。我想可能是暗號吧！聽你這麼說，應該是具有貴重價值的暗號。」

「是嗎？你已經讓朋友看過。那麼四十面相或四十面相的手下，也很可能易容混入其中。否則他不可能喬裝成舊道具店的老闆，向你購買骷髏。」

明智說著，看向暗號文字。彷彿要將這個意義不明的文字深印在腦海中似的，用可怕的眼神瞪著這些字。

接著，將黃金骷髏擺在桌上。明智說道「想借用你的洗手間」而站了起來。跟隨著宮永叫進來的傭人走出了房間。

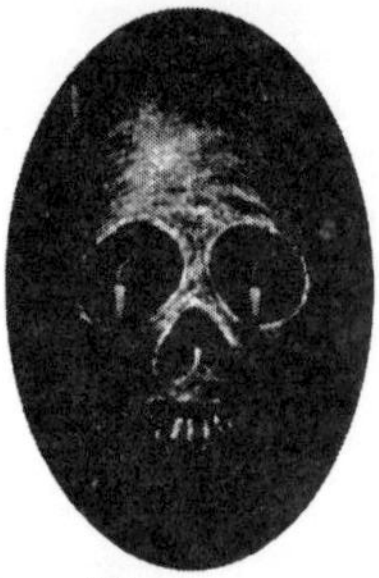

變裝術

就在這時，怪事發生了。明智偵探的舉止非常詭異。

偵探進入廁所，傭人離去之後，偵探關上入口的門，從口袋裡掏出鐵絲，插入鑰匙孔，傳出喀吱喀吱的聲音，將門鎖上。也就是說，他把自己關在廁所裡面，就算別人從外面要開門，也打不開。明智到底要做什麼呢？

廁所的一邊是洗手檯，上面的牆嵌著一面大鏡子。明智站在鏡子前面，看著鏡中自己的臉。

「嘿嘿，明智先生，我要向你告別囉！」

明智說著奇怪的話，獨自笑了起來。他用雙手扶住自己的頭，扯下膨鬆的頭髮，結果連頭皮都掀開了。不，不是頭皮，而是極為精巧的假髮。

拿掉假髮之後，露出真正的頭，看到一頭黑色的短髮。

原本膨鬆的頭髮不見了，明智的臉完全變了樣，已經不再是明智偵探，而是一個奇怪的男子。

男子把假髮擺在洗手檯上，從口袋掏出銀色圓形的小盒子，打開盒蓋，用雙手手指沾上塞在裡面紅黑色的東西，塗在臉上。

鏡中男子的臉，逐漸變成紅黑色的。接著，又沾了黑粉似的東西，

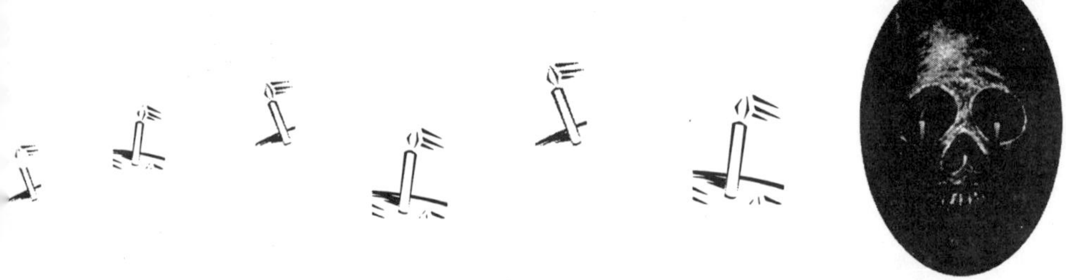

塗抹在眉毛上。臉上也塗上一層薄薄的黑粉。原本白皙的明智的臉，頓時變成彷彿經常受到風吹日曬，年輕勞動者的臉。

男子看著鏡子，很滿意的笑著。然後將身上穿的黑色西裝、襯衫和褲子全都脫掉，露出裡面的髒毛衣。

將上衣和襯衫全都捲起來，丟到洗手檯角落的箱底，再把褲子翻面。原先穿著黑色西裝的氣派紳士，搖身一變，成為一個不修邊幅的年輕勞工。黑色西裝褲翻過來之後，就變成帶點髒汙的卡其色棉製褲子。原來是正反兩面都可以穿的變裝用的褲子。

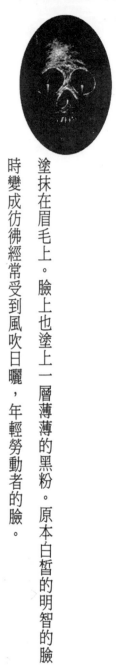

僅僅三分鐘，三分鐘內，明智偵探竟然變成穿著骯髒毛衣及卡其色褲子的年輕人。

這名男子完成易容的工作後，再看看鏡中的自己，露出神祕的微笑。掀開毛衣下襬，取出揉成一團藏在腹部的鴨舌帽，左手則拿出放在裡面的十公分正方形的紙，再將鴨舌帽戴在頭上。他早就準備好了這些東西。

男子再用先前的鐵絲打開入口的門，回到走廊。所幸並沒有被任何人發現。男子笑著，輕手輕腳的好像影子似的走到了玄關，直接走出門外。

事實上，宮永家門外已經有四、五個穿著便衣和制服的警察在那裡監視著。接到明智偵探的電話，警政署已經派人趕來了。

變裝男子左手拿的紙，故意露在外面，隨風飄盪。在通過警察們的面前時，一名警察叫道：

「喂！你是誰啊？」

「啊！我是電力公司派來查電表的。」

年輕人把拿在手上的紙，在警察面前晃了一下。上面寫著電表的數字。

「噢，是嗎？好吧！」

警察點點頭，年輕人則鞠個躬，快步離去。

警察們在等待假扮成舊道具店老人的四十面相，這才是他們的任務，所以對於從裡面走出來的其他人，不必進行盤查。既然是電力公司派來調查電表的工人，當然不會引起警察的懷疑。

五、六分鐘之後，一輛汽車停在門前，穿著黑色西裝的明智偵探從車上下來，走到警察們的身邊。

「啊！明智先生嗎？」

一名便衣警察臉上露出怪異的表情，擋在明智面前。

「辛苦你們了，在我來之前，沒有人來嗎？」

明智笑著問道。警察眨眨眼睛，說出奇怪的話。

「你真的是明智先生嗎？」

「我當然是真的，難道你懷疑我嗎？」

「是的。十分鐘前，我們到達這裡時，傭人說明智先生和小林正在客廳和主人談話，所以，我們一直以為你已經在屋子裡了。沒想到你現在竟然出現在這裡……」

「什麼？我在裡面？等等，你們剛才在這裡時，有沒有人離開這裡？應該有吧！」

「是的，有個查電表的男子才剛剛走出去……」

「多久前？」

「五分鐘前。」

「快去追他！一定是假扮成我的人，後來又假扮查電表的工人，瞞過你們的眼睛。」

「咦！另外一個明智先生？」

警察們驚訝的看著明智。

「一定是四十面相。他早我一步到這裡，詢問關於黃金骷髏文字的事情。他是易容高手，到目前為止，已經喬裝改扮過很多人了。這次是

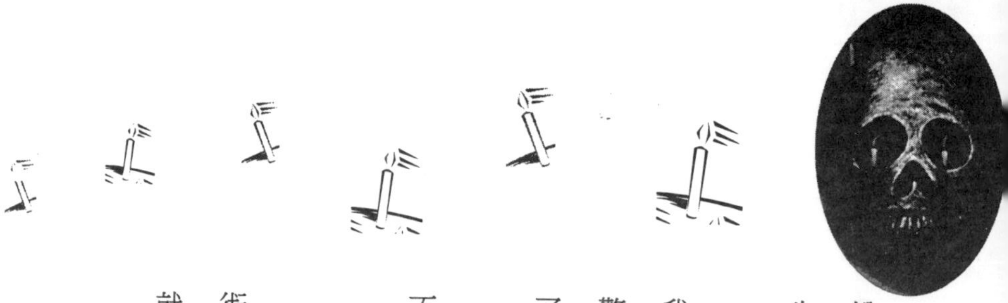

扮成查電表的工人，欺騙你們。我想，我應該沒有猜錯。只要問宮永先生就知道了……」

「先生，真對不起，我們太疏忽了！那麼，向宮永先生確認之後，我們立刻拉起警戒線（在發生火災或犯罪事件時，在一定的區域內配置警察，禁止通行），禁止任何人通行，因為我們已經知道他現在的裝扮了。」

「來不及了，他現在可能早就脫掉查電表工人的服裝，假扮成完全不同的人了。別忘了，他可是會變魔術的變裝名人。」

明智苦笑著，留下錯愕的警察們，逕自走進了門內。

見到宮永先生和小林之後，證明他的猜測屬實。四十面相的變裝術，甚至連小林少年都無法分辨。小林一直相信先前待在客廳的男子，就是真正的明智老師。

四十面相已經偷走第四個黃金骷髏的祕密。他記住暗號文字後就離去了。現在，一定是將四個骷髏的文字聚在一起，正努力探尋解開其中的祕密。

明智先生立刻詢問宮永先生持有的黃金骷髏的句子，再將從小林那兒問來的三個黃金骷髏的句子擺在一起，思考它的意義。不過，這個奇怪的暗號不可能輕易的解開，明智打算先回事務所，再想辦法解開暗號之謎。於是離開宮永家，帶著小林坐上停在門前的汽車。

解讀暗號

這天下午，明智偵探事務所的客廳來了三位客人。正是黑井博士、松野和八木，也就是擁有黃金骷髏的三個人。

明智從宮永家回來之後，就一直把自己關在房間裡，思索著暗號之謎。大約過了三十分鐘，終於解開謎團。於是打電話給三個黃金骷髏的

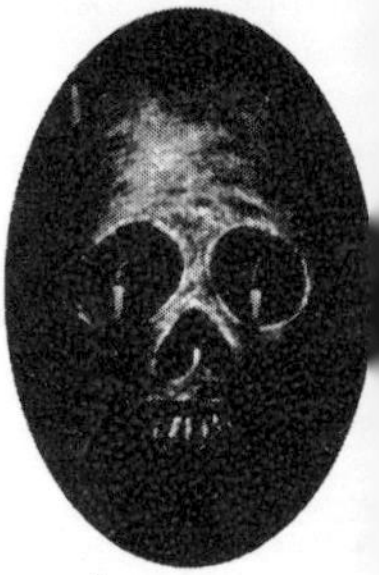

主人，請他們到事務所，商量這次的計畫。

大家圍坐在客廳的桌前。明智偵探、小林少年、黑井博士，以及縫紉公司的社長松野先生、貿易公司的社長八木先生等五人，坐在椅子上。

桌上擺著三名客人拿來的三個黃金骷髏。明智用鉛筆在白紙上寫著一些文字，用來說明暗號。

「這是嵌在三個骷髏上的文字，我現在把它寫下來。」

明智說著，在紙上寫了以下的字。

ゆなどき
んがくの
でるろも

とだんき
すのをど
すおさく

むくぐろ
べへれじ
しとよま

「我從小林那裡聽說，你們花了幾個晚上，想要解讀暗號，就是採用這種方式吧！」

明智又在紙上寫了一些字。

きのも
どくろ
ながる
ゆんで

きどく
んをさ
だのお
とすす

ろじま
ぐれよ
くへと
むべし

「這個做法沒錯，但是第一句和第二句卻連不起來，所以你們認為第四個黃金骷髏的句子加上去才完整。也就是，你們原以為只有三個黃金骷髏，事實上，應該有四個才對。

但是，四十面相已經找到第四個黃金骷髏。我們現在也知道第四個黃金骷髏的文字，現在就把它寫下來。」

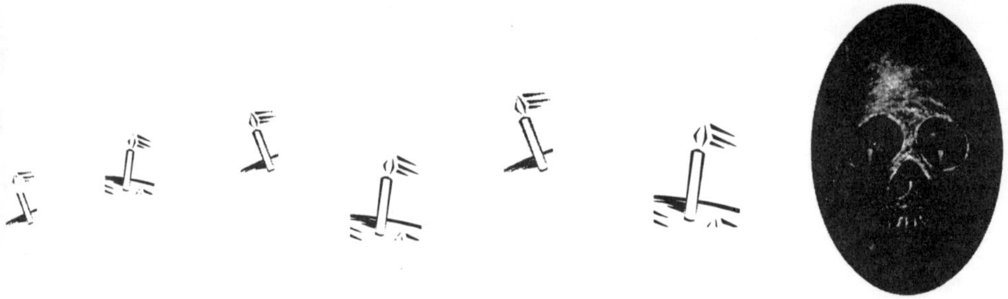

「上面直念，下面則橫念。和先前三個骷髏的句子念法相同。而下面的四行句子，放在前面三個句子的第一與第二之間。結果就會變成以下的情況。」

で	ん	ゆ
ん	な	る
が	さ	の
さ	と	り

ゆ	る	の	り
ん	な	さ	と
で	ん	が	ざ

ゆ	な	ど	き
ん	が	く	の
で	る	ろ	も

ゆ	る	の	り
ん	な	さ	と
で	ん	が	ざ

と	だ	ん	き
す	の	を	ど
す	お	さ	く

む	く	ぐ	ろ
べ	へ	れ	じ
し	と	よ	ま

「現在就從右邊縱向念念看吧！」

明智用鉛筆寫著以下的字。

きのもりとざきどくろじま、どくろのさがんをさぐれよ、ながるるなんだのおくへと、ゆんでゆんでとすすむべし。

「現在已經沒有任何遺漏了，但是，要解開這個謎團有點困難。一百年前寫的文章，已經非常老舊。不過，看過古文的人，應該就了解它的含意。

首先來看『きのもりとざき』，暫時先到此為止。這是土地的名稱，きの寫成漢字就是『紀的』，指的就是『紀伊國的』，也就是指現在的和歌山縣。

我找出和歌山縣的地圖，結果發現在新宮和串本之間的海岸，有個叫森戶崎的岬角，就是這個句子裡的『もりとざき』。

那麼，我們已經知道『きのもりとざき』的意思。其實就是『どくろじま』。用漢字來寫，就是骷髏島。也就是說，在和歌山縣的森戶崎附近有『骷髏島』。

我從朋友的名冊中找住在串本到東京之間的人，打電話問他在森戶崎的附近是不是有個『骷髏島』。結果正如我所想的，在距離森戶崎四公里的海灘，的確有『骷髏島』。是一個很小的無人島。

如果從森戶崎後的山巔上往下看這個島，那麼，看起來就好像是骸骨的頭的形狀，所以，從前就稱它為『骷髏島』。為直徑六百公尺、由岩石構成的小島。周圍有很多沒有露出海面的岩石。海水終年拍打著岩石，是個非常危險的地方。而且因為島的形狀非常詭異，因此，漁夫們很少接近這個島。那裡確實是很適合埋藏寶物的地方。」

說到這裡，明智看看三個客人。黑井博士等人很高興黃金骷髏之謎能夠解開，所以都專心看著明智。

「接著是第二行的『どくろのさがんを』。『さがん』的漢字是『左眼』，指的是左邊的眼睛。大概是說骷髏島有很像兩個眼睛的岩洞吧！而左眼指的應該是左邊的岩洞。至於『さぐれよ』的意思，指的就是要找尋左邊的岩洞。

第三行的『**ながるるなんだ**』，則是指『流淚』。眼淚以前就稱為『なんだ』。所以這個句子的意思是『朝著流淚的深處走』。

那麼，淚到底是指什麼呢？岩石島當然不可能流淚。這個淚，指的應該是瀑布般的流水吧！在相當於左眼的岩洞中，可能會流出水來，所以被比喻為淚。也就是指朝著流出水的洞的深處前進的意思。

至於第四行的『**ゆんでゆんで**』，這也是古語，指的是弓手弓手的意思。拿著弓，就是指左手。這行說的，是指要往左邊『**すすむべし**』前進的意思。

再將全部的意義組合起來就變成，在和歌山縣森戶崎的海灘，有一座『骷髏島』。走進一個流出水的岩洞當中，一直往左走，裡面就藏著大金塊。」

明智說完之後，三個客人大為佩服。沈默了一會兒，黑井博士開口

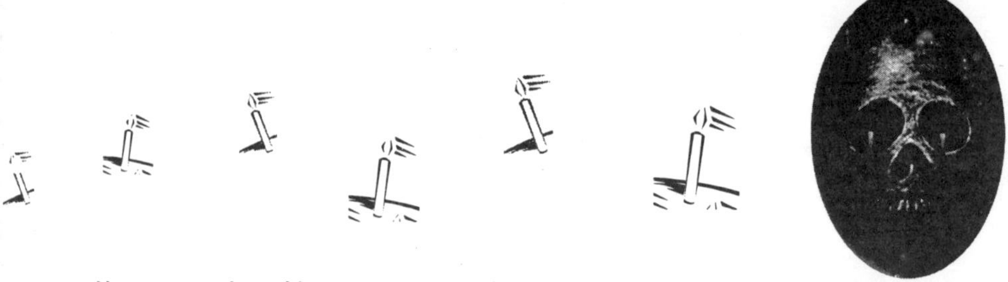

說道。

「真是太厲害了，不愧是明智先生。百年來的祕密，竟然一下子就被你解開了。不過，我還是很擔心。四十面相已經知道我們的三個骷髏和宮永先生骷髏的句子，他是不是也能解開這個暗號呢？」

這是大家最擔心的事情。松野和八木也都不安的看著明智。

「我想，他現在應該解開暗號了。我和四十面相思考事情的能力幾乎相同，我能解開的暗號，他也一定能夠解開。」

「啊，這麼說來，他應該已經朝和歌山縣出發了！」

「沒錯，我也擔心這一點。不過，我還有一個很棒的計策。但是關於這一點，必須先得到你們的同意。我想知道，萬一大金塊的事情被世人知道，是否會給你們帶來麻煩？」

「不，一點都不麻煩。我們並不是去拿別人的東西，而是由子孫去找出祖先藏匿的金塊，這沒什麼不對。可是，我們害怕這個祕密一旦被世人知道，就會有人先下手為強，所以才瞞騙大家到現在，一直沒有說出來。」

「我知道，那就沒問題了。我有個能讓你們比任何人都更早到骷髏島的方法。即使四十面相已經從東京出發，但你們還是可以超過他。」

「噢！有這麼棒的方法嗎？」

黑井博士吃驚的問道。

「就是報社的飛機啊！我和H報社的主管交情不錯。其實，我已經打電話和他商量過了，通知他有很棒的獨家新聞要告訴他們的報社，可是，必須要借用他們的飛機幾個小時。我並沒有告訴他詳情，但是，他很信任我，所以很爽快的答應了。當然報社會派一名技術熟練的飛行員同行。」

「是嗎？那真是有趣。不過，飛機可以搭載我們這麼多人嗎？」

「除了駕駛之外，只能再坐三個人。你們三個人當中，要先派兩個

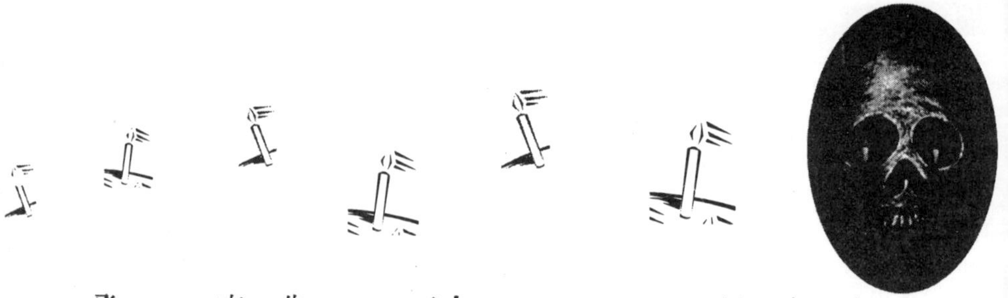

人和我的助手小林一起搭飛機先出發。我也會到，可是現在我的手邊還有一件人命關天的案件，暫時走不開。雖然小林還是個孩子，但是看他以前所立下的功勞，你們就可以知道他可以完全的代理我。」

「啊！我們很佩服明智先生的智慧，就照你說的去辦吧！」

黑井博士十分贊成的說著。

漆黑的眼睛

飛機上載著小林少年及三個黃金骷髏主人當中的黑井博士和松野先生，先行出發。另外，八木先生則由骷髏島的探險助手陪同，搭乘火車前往。

黑井博士、松野先生及小林，已經準備好望遠鏡、手電筒、長繩、登山用的冰杖等怪島探險的用具。穿著輕便的服裝趕到機場，搭乘富士新聞社的飛機。

不到一小時，這架小型飛機就在名古屋市郊的機場著陸。先前打電話預約的汽車，已經在那裡等待。三個人立刻搭上汽車，趕到特快電鐵的車站，搭乘電車到三重縣南邊的終點站。再從那裡搭車，前往森戶崎附近的荒涼漁村。

明智解開暗號，和報社商量，完成出發的準備，是在下午三點時。到名古屋花了一小時，又花了四小時到達森戶崎。因此，抵達目的地時，已經是晚上八點半。

這個漁村有間小旅館，三個人住進旅館，以電報通知在東京的明智偵探。同時拍電報到特快電鐵的終站，通知稍後會趕到的八木先生，讓他們知道漁村和飯店的名稱。

四十面相就算比三個人更早從東京出發，最快也只早兩、三個小時。即使他想搭客機前來，時間上也無法配合。因此，他應該會坐火車

來。那麼，他現在不是還在火車上，就是剛抵達終站。

沒有火車、沒有電車的道路，從車站要趕到這裡，路途十分遙遠，看來今晚應該是無法趕到。他應該會在車站暫住一晚，第二天早上再搭汽車前來。所以，三個人只要在明天黎明時分乘船出發，就會比四十面相早一步到達骷髏島。

三個人發了兩封電報之後，詢問旅館老闆關於骷髏島的事情。

老闆年約六十歲，看起來是很正直的人。當三人詢問骷髏島的事情時，他驚訝的說道「怎麼問這個地方呢」而頻頻搖手。

「我不知道你們來這裡有什麼事情，但是，那裡是魔島，住著可怕的人噢！」

老闆十分害怕似的說著。

黑井博士笑著說道：

「到底住了什麼樣的人呢？」

「這沒有人知道，因為看到他的人全都死掉了，那已經是五、六年前的事了。漁村裡有一位年輕的漁夫，不聽眾人勸阻，進入骷髏島的洞穴裡，據說那個地方叫『無底洞』。這個漁夫想要知道洞穴到底通往哪裡，所以拿著手電筒，獨自一人走了進去。

年輕漁夫的朋友們在洞外等他很久，但是他一直都沒有出來，結果……」

旅館老闆說到這裡，突然住口，恐懼的看看四周。

「結果，怎麼樣了呢？」

小林少年催促他繼續說下去。

「結果，洞裡傳出哀嚎聲，大家嚇得臉色蒼白，互相對看。不久之後，年輕漁夫從洞裡爬了出來。

不知道是被魔爪抓到，還是被岩石角勾到，總之，衣服變得破爛不堪，面如土色，嘴裡叫著『救我』，然後就這樣的昏倒了。

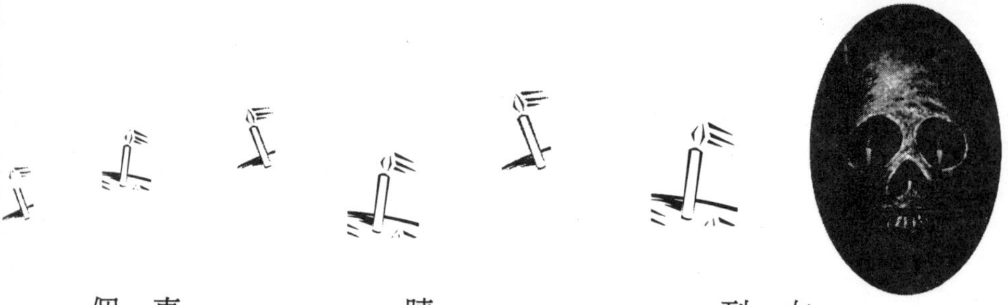

朋友們扛著這個年輕人，搭船回來。後來年輕人就身染熱病，臥病在床。不管大家怎麼問他，他就是不說。嘴巴不停的說著奇怪的話，不到一個月就過世了。大家都說他是著魔被殺了。」

「這個年輕人，說著什麼奇怪的話呢？」

黑井博士詢問時，老闆又害怕的朝左右張望。

「說了很多的話，但是，沒有人聽得懂。好像是這麼說的。嗯……『好可怕，救我，有漆黑的眼睛瞪著我！』沒有人知道什麼是漆黑的眼睛。總之，大家都認為他被妖魔附身了。

此外，我還記得他說『金色妖怪，露出金色牙齒想要殺我』，所以一定有妖怪躲在洞穴裡。

後來漁夫們就不願意靠近骷髏島。我想，你們應該不會做什麼壞事，不過，你們也太異想天開了，恐怕沒有漁夫會答應用船載你們到那個島上去。」

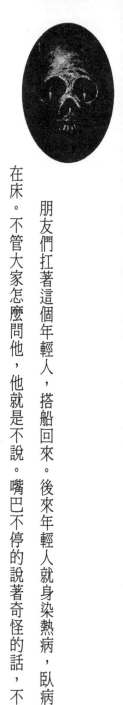

聽到老闆這麼說，三個人互相對看。由於他們不相信有妖怪，所以根本不害怕。可是萬一真的找不到船，後果就不堪設想了。黑井博士思考了一會兒，繼續問老闆。

「我們的探險是有理由的，絕對沒有不良企圖。既然妖怪躲在洞裡，那麼我們只要不進洞就好了呀！只要用船載我們到島上去就可以了。我們會準備豐厚的謝禮，請你幫我們找個有勇氣的人吧！」

無論怎麼拜託，老闆就是不肯點頭答應。黑井博士只好不斷提高金額。表示船家或划船帶他們過去的人，以及充當島上嚮導的人，都會各給一萬圓（相當於現在的二十萬日幣）的謝禮。

老闆想了一會兒，說道：「那麼我去幫你們問問看好了。」

然後就走出旅館房間。三十分鐘之後，帶著三名勇敢的漁夫回來。

「如果各給他們一萬圓，他們就願意用船載你們過去。不過，他們只帶你們到島上，絕對不進入洞穴裡。」

一位看起來應該是船家，年約五十歲。另外兩個則是二十四、五歲的強悍年輕人。

黑井博士、松野先生和小林商量之後，決定雇用他們，打算第二天清晨就乘船出海。等到商量完細節，就讓漁夫們先回去，三人也分別就寢。

骷髏島

第二天早上，天還沒有完全亮的時候，昨晚雇用的漁夫們前來旅館接他們。船已經準備妥當了。

黑井博士等人迅速準備，將探險用的道具和旅館老闆為他們做的便當，全部放到大背包裡面，和年輕漁夫們一起走到海灘。

這時，太陽剛升到水平線。雲端中，紅色的太陽正慢慢的往上爬。

有一艘小船停泊在碼頭的棧橋外。這是普通的漁船，上面搭載著引擎，正發出碰碰聲，可以行駛到各海岸去。

眾人上船，年長的漁夫則坐在引擎旁操控機械。前來送行的旅館老闆說道「保重噢」。黑井博士則對他說：

「關於信號的事情就拜託你了。」

老闆用力點了點頭。「信號」到底是指什麼呢？很快的，我們就會知道了。小船離開棧橋，距離海岸愈來愈遠，朝大海的方向前進。

太陽已經躍升到水平面之上。現在遠處淡紫色的海面，在紅色的天空下，變得愈來愈清晰可見。

「啊！就是那個，那個就是骷髏島！」

小林少年站在船上，用手指著海灘叫道。

在紅色的天空下，可以清清楚楚的看到漆黑的岩塊。島的形狀非常怪異。

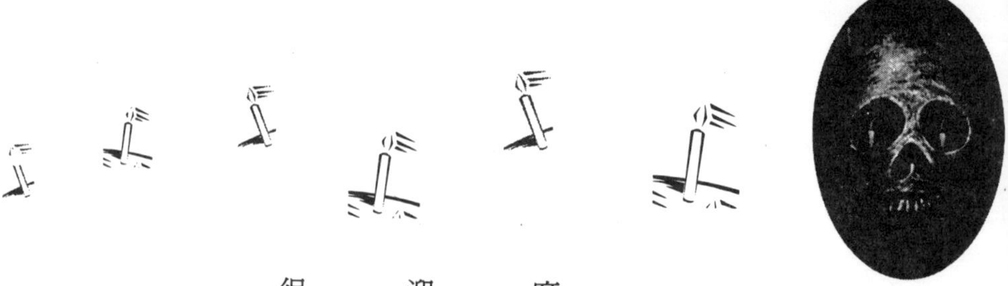

「叔叔，那個地方為什麼叫骷髏島呢？看起來一點都不像啊！」

小林仔細盯著瞧，詢問著。年長的漁夫回答道：

「這……我也不知道。但是，從山巔俯看那個島，真的和骷髏一模一樣。」

從正面看並不像骷髏，但是，卻有很多突出的岩石，彷彿有許多惡魔棲息的恐怖島嶼。

一大早沒什麼波浪，不過，偶爾還是會有大浪，讓船不停的搖晃。迎面漆黑的島，看得愈來愈清楚。

船不斷的前進，骷髏島變得愈來愈大。愈靠近，就愈覺得它的模樣、很可怕。

終於岩石林立的怪島來到眼前，船已經到達骷髏島的岸邊。

「你也看到了，這個島到處都是岩石，只有這裡能夠停船。」

年長的漁夫關掉引擎。年輕漁夫掌控船頭，將船帶到好像海灣似的地方。另外一個年輕人則迅速跳上岩石，抓緊船邊，讓大家陸陸續續爬上岸上的岩石。

旗語信號

這時，黑井博士站在岩石上看著三名漁夫，面色凝重的說道。

「我有事要告訴你們。你們有沒有聽過四十面相這個大盜的事情呢？」

一名年輕人回答道：

「我知道。擁有四十種不同面貌的大盜，只要有看報紙或聽廣播，應該都知道他。這個四十面相怎麼樣了呢？」

「也許四十面相會到這兒來。」

「咦！到這兒來？」

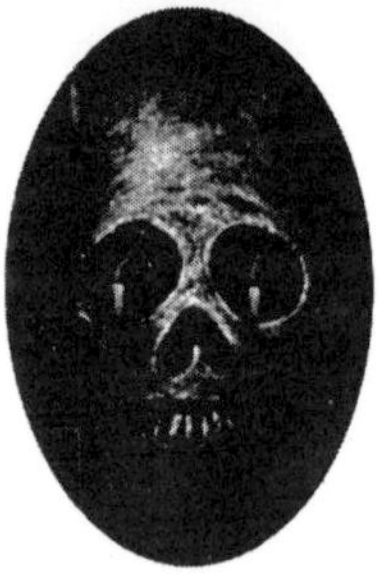

「沒錯，他想要阻撓我們的探險。你叫五郎吧！」

博士用手指著其中一名年輕人。

「你會打旗語，那麼就拜託你了。在高處應該可以看到漁村。背包裡有望遠鏡，利用望遠鏡，可以看到旅館的屋頂。

我已經拜託旅館的老闆，再請一個會打旗語的人站在那兒。如果有好像東京的人來這裡，會打旗語的那個人，就會爬上旅館的屋頂打旗語。你看到之後，立刻通知我們。

今天會到漁村的，不只是四十面相而已，我們的朋友也會來，他叫八木。因此，如果旗語送來的信號是八木來了，那麼，就請你用這艘船去載他過來。

如果旗語說的是不知名的人前來，那麼，絕對不能讓他到這個島上來。萬一他搭乘別的船來這裡，你們一定要合力阻止他，別讓他上來這個島。

你們應該聽說過，四十面相這傢伙從不殺人，所以，你們不會遇到危險。但是一定要阻止他，知道嗎？」

為了得到巨額賞金而來到魔島的這些人，聽他這麼說，一點也不害怕。兩名年輕人信心十足的說道：

「那麼，就爬到岩石上負責看守，你背著背包帶路吧！」

名叫五郎的年輕人，從背包中取出望遠鏡和紅白手旗，朝懸崖的方向走去。

黑井博士看著年長的漁夫。

「你就留在船上看守吧！」

接著，對另外一位年輕人說道：

「你帶我們到洞穴去。這個島應該有兩個大洞，我們要去的是，從漁村向看來，左邊的那個洞。」

肩上背著背包的年輕人說道：

「我知道，就是那個有妖怪棲息的洞穴嘛！旅館老闆說會遇到妖怪噢！」

說著放聲大笑，看起來是個大膽的男子。

年輕人帶頭出發。因為是無人島，所以根本沒有道路，只有崎嶇的岩石。四個人排成一列，攀爬岩石，朝島的中心前進。

走了一會兒，來到懸崖與懸崖之間好像谷底的地方。兩側像屏風一般的岩石非常陡峭，走在底部時，時覺很像黃昏，有點兒暗。不禁讓人擔心，岩石的轉角處會不會有怪物突然跳出來。就算是勇敢的小林，也開始覺得不舒服。

「咦！那是什麼聲音啊？」

黑井博士突然停下腳步，環視四周。

豎耳聆聽，從島的周圍聽到與海浪拍岸聲不同的咚咚咚……的聲響。難道是巨大的怪物從洞裡爬出來，朝這裡逼近了嗎？

「有什麼好怕的，那只不過是洞穴罷了！」

帶頭的年輕人若無其事的說著。

「洞穴？洞穴會發出這樣的聲音嗎？」

「不是，是瀑布，是瀑布的流水聲。」

原來如此。從洞穴裡流出來的當然不是淚，一定是水。否則和句子的暗號就不吻合了。

又走了一會兒，帶頭的年輕人突然大叫：

「你看，那是瀑布，看到了，從洞穴裡流出的瀑布！」

繞過岩石轉角，遠處可以看到高大的山崖聳立。下方的大洞，看起來彷彿張大漆黑的口似的。從口中不斷的流出水來。

水落下的高度約兩公尺，與其說是瀑布，不如說是激流。下面潺潺的流水，就好像是要流入海中的海灣似的。

「真奇怪，這麼小的島，怎麼可能會有這麼多的水流出來呢？」

黑井博士看著瀑布，在那兒思索著。這時，背著背包的年輕人加以說明，說道：

「不是湧出來的水，是海水。是從岩石裂縫流出來的海水。等到退潮時，瀑布就不見了。」

「噢！那麼在退潮之前，就沒有辦法進入洞穴中囉？今天什麼時候退潮啊？」

「還有兩小時。瀑布的力量會慢慢減弱，要等到水全退，還需要兩小時呢！」

兩小時實在太長了。但總不能跳入激流當中，只好沿著岩石，慢慢的走到瀑布附近。同時為了讓五郎那個年輕人知道這邊的狀況，以便送出旗語信號，因此，必須退回原先爬上來的岩山下面。一邊等待五郎的報告，同時稍作休息。

「待在那兒的那個人叫五郎，那麼你叫什麼名字呢？」

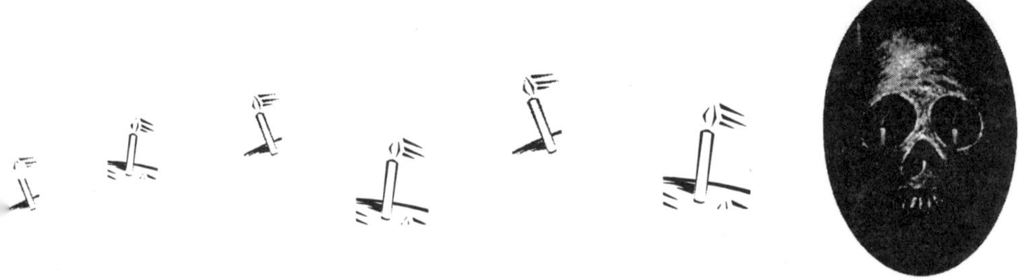

黑井博士好像要打發時間似的，詢問年輕人。

「我叫大作，我和五郎是親戚。大家都暱稱我是不要命的大作。」

「嗯！的確是很適合你的外號。你真的什麼都不怕嗎？你想不想和我們一起到洞裡探險啊？」

「進去是無所謂，不過，還是算了。人我是不怕，但是，妖怪可不一樣了。」

說著，大作笑了起來。

「昨天晚上，旅館的老闆說，有位男子在洞穴發現妖怪，後來就死掉了。當時你就在洞穴外嗎？」

「沒錯，大家都在等那傢伙，他叫熊吉。雖然他很勇敢，但是，卻嚇得臉色蒼白，從洞裡滾了出來，我們全都嚇了一大跳，所以我只怕妖怪。難道你們都不怕妖怪嗎？」

「所以，從那時候開始就傳說這裡有妖怪了嗎？」

「是的。不過，在很久以前，就已經聽說有可怕的妖魔住在這裡，所以大家都不敢靠近。熊吉就是不相信，才會遭到這種可怕的下場。」

這時，原本坐在岩石上聽他們聊天的小林，突然站了起來，用手指著岩山上。

「啊！看到旗語信號了。有人到漁村去了。」

小林大叫著。大家全都站起來，抬頭往上看。

「是……誰……呢……是……誰……呢？」

小林念出旗語信號。岩石上的五郎在詢問「是誰」、「是誰」。反覆打出信號後，五郎從背包中取出望遠鏡，用望遠鏡看著對面，觀看旅館屋頂上的旗語信號。

各位讀者，你們認為來到漁村的人是誰呢？是夥伴八木一行人，還是敵人四十面相呢？

洞窟探險

岩石上的年輕人，用旗語問道「是誰呢」，再用望遠鏡看著對面。接著就笑著跑下岩山，喘著氣大叫著：

「是八木先生，八木先生帶著兩個人剛到了。」

「很好，那麼立刻用船隻載他過來吧！你趕緊去告訴船家。」

黑井博士做出指示後，年輕人朝向停在骷髏島岸邊的船的方向跑去，把這件事告訴年長的漁夫。小船發出碰碰的引擎聲，離開了島。

小船要到對岸去載八木先生一行人過來，大概要花一小時才會回來。黑井博士等人則在這裡等待著。終於，回來的小船船影變得愈來愈大，可以看到坐在船上的人了。

「咦！八木先生的頭上和左手怎麼都綁著繃帶？到底發生什麼事？

難道是受傷了嗎？」

黑井博士很擔心的說著。這時，可以看到站在船上面對這裡的八木先生，他的頭和左手都裹著白色的繃帶。

不久之後，碰碰的引擎聲停止了。小船駛入了海灣，靜靜的划了過來。八木先生一行三人，終於抵達目的地。

「怎麼回事，受傷了嗎？」

當他詢問時，八木先生笑著說道：

「跌倒了。在途中下車時，不小心跌倒了。還好事先準備好消毒藥水和繃帶，當場就立刻進行包紮，幸好沒什麼大礙……。這兩個人是我從東京帶來的登山好手，我們已經很熟了，而且他們都願意參加這次的探險。」

介紹站在旁邊的兩名年輕人。他們看起來都是二十五、六歲左右。體格壯碩，不亞於年輕的漁夫，似乎是很值得信賴的青年。

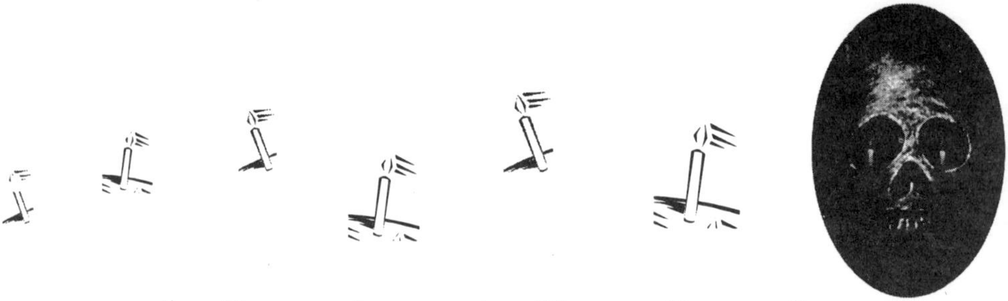

就在大家聊著在東京分手之後的事情時，退潮的時間到來。年輕的漁夫告知洞窟瀑布的流水停止了。

接著，從漁夫的背包中取出便當，先填飽肚子之後，再沿著岩石崎嶇的道路到達洞窟入口，進入裡面。

兩名年輕的漁夫因為害怕妖怪，不願意進去。於是由黑井博士、松野先生、八木先生、小林少年及八木先生所帶來的兩個年輕人，總共六人，組成探險隊。

六個人各自拿著手電筒，黑井博士等人拿著手杖，小林和兩名年輕人則使用登山用的冰杖。在遇到緊急狀況時，可以當成武器。

洞窟中有很多岔路，很容易迷路。為避免迷路，所以取出背包中的長麻繩，綁在洞窟入口的岩石角上。抓著麻繩，慢慢的放長往前進。如此一來，就不必擔心迷路而回不來了。

習慣登山的一名青年帶頭，一邊放長麻繩，一邊前進。黑井博士、小林少年、松野先生、八木先生和另一名青年，則跟在後面，走進洞窟當中。

大家都打開手電筒，所以，周圍看得很清楚。頭上凹凹凸凸的黑色岩石，就好像巨大怪物的黑色口中一般，有種難以言喻的恐懼感。

另外，由於之前水不停的沖刷洞窟，因此必須注意路面溼滑，小心行走，避免跌倒。

洞窟入口看起來很大，但是，愈往裡面走，就變得愈狹窄，很快就來到了一處岔路。在怪獸喉嚨的部分有兩個洞，右邊的洞和剛才走來的路一樣，濕滑而寬敞。左邊的洞則比較狹窄，而且是往上爬的坡道。

「我們往小洞走。暗號中不是說著應該要往左前進嗎？」

黑井博士做出指示，大家朝左邊繼續前進。

進入小洞當中，坡很陡，必須靠四肢爬行才能往前進。

「啊！我知道了……。我突然想起來了。如瀑布般的水流過洞中，

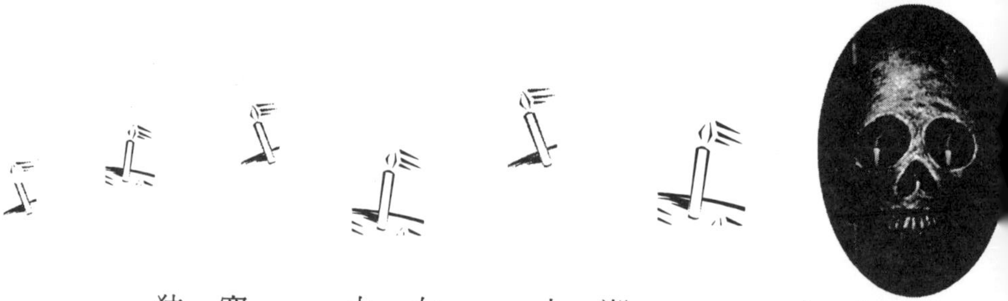

如果朝洞穴下方走，水會積存，根本進不來。但是這個洞卻是上坡道，水進不來，所以，是非常安全的藏寶地點。」

聽到小林這麼說，黑井博士也點頭說道：

「沒錯，我贊成你的說法，這裡的確是很安全的藏寶地點。除了退潮時間之外，水一旦流進來，也不會淹到這裡。即使有水積存，也沒有人會想到這個地方竟然藏有寶物。」

爬了一陣子的坡道，又來到平坦的道路。接著是下坡道。一會兒往右，一會兒往左。洞穴不斷的往下，兩百公尺的大麻繩已經用掉了四分之一。也就是說，他們已經來到距離入口五十公尺處的地方了。

洞穴非常狹窄，有時必須蹲下來才能前進，但有時卻又突然變得很寬廣，手電筒的光甚至都照不到岩石的頂端，可是不久之後，又會變得狹窄了。

一直不斷的往下走，幾乎都是平坦的道路。雖然平坦，但因為是岩

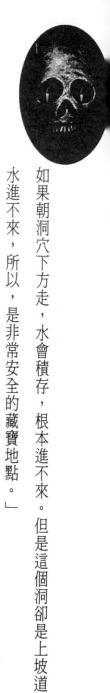

洞，路還是非常的凹凸不平，一不小心就會絆到突出的地方而跌倒。而且遇到岔路時，都是往左前進，根本不知道會到達何處。

下坡道比上坡道更長，似乎是在比海面更低的地方。現在到底在距離入口的哪個方向，都已經分不清楚了。

這個洞穴到底延伸到什麼地方為止呢？如果兩百公尺的麻繩用完而還沒到達藏寶地點，又該怎麼辦呢？不，應該說黑井博士等人和小林都害怕遇到可怕的妖怪。

年輕漁夫所看到的那個妖怪，到底躲在哪裡呢？難道有比妖怪更可怕的東西在黑暗中等著他們嗎？

移動的牆・奔跑的侏儒

在麻繩用掉一百公尺時，來到一個寬廣的地方。岩石頂非常高，甚

至連手電筒的光都照不到。左右側的岩石牆距離很遠。來到莫名的黑暗當中，大家反而感到害怕。

在黑暗中，抓緊麻繩腳步沈重的往前走，彷彿距離人類世界數千公里遠，朝地獄深處前進，不知道是否還能重回光明的人世間。

就在這時，廣大的黑暗中傳來可怕的叫聲。

「啊！岩石在動。像那樣、像那樣……」

可怕的叫聲好像不是人發出來的，突如其來的相同話語，在黑暗中傳來。

「像那樣、像那樣……」

感覺好像有很多人躲在暗處一樣。

大家驚訝的停下腳步，後來才知道，這只不過是回音。小林突然大叫，在廣大的洞窟中形成回音，所以，才會一直聽到相同的話語。

知道是回音而放心，但是「岩石在動」這句話，卻讓眾人嚇了一跳。

萬一地底出現變異，洞窟會不會塌下來呢？大家停在原地，小林則用手電筒照著岩石牆。

距離五公尺遠的一片廣大凹凸的岩石牆，在手電筒的光線照耀下，正在緩慢的移動。岩石牆是灰色的。灰色的岩石牆就好像波浪似的，在那兒晃動著。傳來的聲音彷彿微風吹過稻草似的，豎耳聆聽，可以聽到沙沙的異樣聲響。

如果整個洞窟都在移動，那麼，大家站立的地面應該會搖晃，身體也會搖晃才對。但是，並沒有發生這種情況，真的很不可思議。

「我知道了。」

一直朝著牆走過去，瞪著移動牆的小林少年大叫著。黑暗中又聽到「我知道了、我知道了、我知道了……」的回音傳來。

「是海蟹，大海蟹沿著岩石牆，在那兒蠢動著呢！」

當然小林的聲音又成為「回音」傳過來。

「哇，這裡也有！牠爬到我的褲子上了。」

這是黑井博士的聲音。這裡竟然是海蟹的巢穴，灰色的大海蟹，正在那兒亂哄哄地爬行。許多海蟹甚至已經爬到眾人腳上，引起一陣驚慌失措。

一行人迅速離開，繼續朝裡面前進。通過一些岔路，在麻繩用掉一百二十公尺時，突然——

「哇！」

聽到叫聲。

並沒有出現先前的「回音」。不過，隨著哇、哇出現的異樣聲音，卻聽得非常清楚。

「這個洞窟有動物。」

這是黑井博士的聲音。

「我的身體撞到某個東西，好像猴子般站起來走路的動物。如果是人，應該是像侏儒一樣的小矮人。」

「可能是你的心理作祟吧！這裡不可能會有站著走路的動物啊！」

聽到松野的聲音。黑井博士身旁的松野，聲音彷彿從後方傳來似的。由於發生了先前的海蟹事件，所以，原先排隊抓著麻繩的順序被弄亂了。

「不，是真的。我看到那傢伙了，就好像猴子一樣。」

這次是八木的聲音，他就站在黑井博士後面。

如果兩個人都看到了，那就不是心理作祟了，一定是真的看到可疑的傢伙。也許這就是年輕漁夫所看到的妖怪吧！可是，黑井博士和八木先生並沒有看清楚他的樣子，感覺好像是有黑影從前面突然跳過來，撞到博士的身體，很快的就又跑到後面去了。

探險隊中，沒有人相信有妖怪，但是，竟然有黑色侏儒般的傢伙出現，博士等人當然也不禁嚇得毛骨悚然，渾身覺得不舒服。一行人猶豫

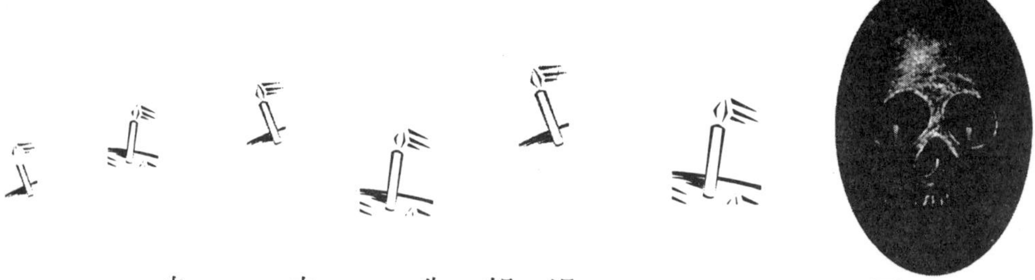

不決，不知道是不是應該繼續前進，只是呆立在原地。

突然從後方的黑暗中，

「嘻、嘻、嘻……」

傳來很奇怪的笑聲。好像不知名的動物正在嘲笑探險隊的人似的。

為了節省手電筒的電力，六個人當中只有三個人打開手電筒。不過，在怪物出現時，就不必在意這個問題了。所有的人都打開了手電筒，朝著笑聲傳來的方向照了過去。但是，怪物的動作非常迅速，瞬間就消失得無影無蹤了。

大家都覺得渾身不自在，可是又不能後退，仍然必須持續這趟黑暗之旅。

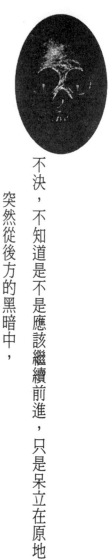

「大家都很累了，我們先在這裡稍作休息，等到恢復元氣後再繼續走。水壺裡有咖啡，大家先喝一口吧！」

黑井博士說著，將大水壺從肩膀上卸下，拿出杯子，傳給後面的每個人。

眾人都覺得疲累不堪，又口乾舌燥，於是坐了下來，喝著水壺裡的咖啡。咖啡的味道很重，平常並不覺得好喝，但是，現在大家卻都很高興的享用著。

「大家都喝了吧？」

黑井博士接過眾人傳回來的水壺，好像要再次確認似的問著。

「大家都喝了，真的很好喝。」

聽到八木的回答。但是，後來才知道，六人當中，只有三人喝了咖啡而已。甚至帶了水壺的黑井博士本人，也是沒有喝的人其中之一。

休息了一會兒，一行人重新振作，開始往前走。時間愈久，洞穴裡愈黑暗。空氣則像冰一樣冷，讓人不停的發抖。

「手電筒的光愈來愈暗，電池快沒電了，還是節省一點。現在暫時先用一支手電筒，其他的先關掉。」

聽到博士這麼說，只有帶頭的年輕人的手電筒還開著，其他人的則都關掉。結果周圍變得更暗，讓人感覺更不舒服。可是如果不關掉，則會浪費電力，等到沒有光時就糟了，所以沒有人敢抱怨。

這時，黑暗的前方又傳來「嘻、嘻、嘻……」的怪物笑聲，眾人嚇了一跳，停下腳步。聲音就好像箭一樣衝了過來。黑色矮小的東西迅速通過眾人眼前，消失在後方的黑暗當中。而後方的黑暗中，則又傳來「嘻、嘻、嘻……」的笑聲。

彷佛置身於惡夢之中。根本分不清是夢還是現實，在黑暗中，一行人只能腳步沈重的繼續往前走。感覺好像不是在這個世界，而是在另一個世界旅行。不是人界，而是地獄之旅。

麻繩已經用到一百六十公尺了，只剩四十公尺，快要用完了。在麻繩用完時，是否能夠到達目的地呢？大家心中愈來愈不安了。

再往前走，來到一個寬闊的地方。腳步聲的回音，哄、哄異樣的回響著。走在最前面的青年的手電筒，如白箭般在前方的黑暗中移動著。

就在微弱的光芒中，看到可怕的光景。世界彷彿整個改變了。原先黑色岩石牆的顏色，完全改變了。原來是前方有意想不到的可怕巨大東西在等待他們。眾人用手電筒的光，照著前面的東西。仔細一看，大家全都呆立在原地。

已經不能再節省電力了，六支手電筒連續一起照著廣大洞窟迎面巨大的東西。終於能夠看清這可怕東西的全貌。眾人「啊」的叫了一聲，全都動彈不得。

把年輕漁夫嚇死的妖怪，就是這個東西。難怪他會如此害怕。

大骷髏

岩石天花板高五公尺，寬度大致相同，是個非常黑暗的洞穴。距離

入口約一百五十公尺以上的深處，那冰涼漆黑的空氣，彷彿凝結不動似的，有如置身於距離人界極為遙遠的地獄一般。

六個人，將手電筒全都朝洞穴迎面的岩石牆照去。在岩石牆上可以看到閃耀光芒的東西。原來是黃金牆。大約有五公尺的黃金牆，閃耀著奪目的光彩。

「啊！是金子。這就是隱藏的寶藏。」

有人發出狂喜的叫聲。奇怪的是，喜悅的叫聲立刻停下來，眾人全都沈默不語。感覺好像是瀰漫著一股妖氣（可疑、令人害怕的詭異氣氛），使他們無法動彈。

「啊！漆黑的眼睛。有漆黑的眼睛在瞪著我們。」

小林少年大叫。在黃金牆上，有兩個黑色的大洞，相當漆黑。因為太大了，所以一時看不清楚。過了一會兒才發現，原來是兩個眼睛。

鼻子的部位是令人反胃的三角形大洞，而下方巨人的金牙，整齊的排列著。再看斧頭般的牙齒。原來這就是讓年輕漁夫，嚇破膽的可怕巨人的牙齒。

「漆黑的眼睛瞪著我。」

「像斧頭般的牙齒想要咬我。」

年輕漁夫罹患熱病時，嘴巴裡喃喃自語說著的，就是這個黑色的眼睛和金色的牙齒。

黃金牆有眼睛、鼻子和嘴巴，牆竟然是一張臉，而且仔細一看，整面牆不僅是一張巨大的臉，還是一張骷髏臉。是比黑井博士等人所擁有的黃金骷髏大幾萬倍的巨人骷髏。

看到之後，連學者黑井博士都嚇得幾乎心臟麻痺。而非常迷信的漁夫，看到這個巨大的黃金骷髏，當然會誤以為是妖怪。

他根本無法想像，洞穴深處竟然隱藏了這種東西。在意想不到的地方，看到出乎意料之外的東西，大部分的人都會以為是妖怪。

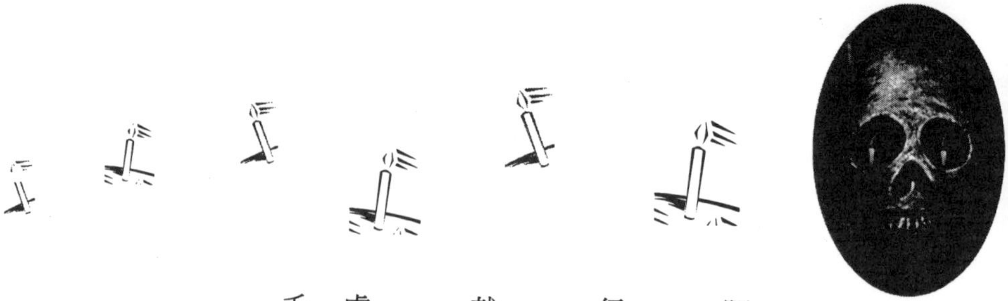

博士的祖先們，是如何把這麼大的東西帶到這裡來的呢？

黑井博士覺得很納悶，不停的思索著。並且走近大骷髏，用手電筒照著。松野先生和八木先生也來到他的身邊，用手觸摸著黃金骷髏。

「我知道、我知道了！一定是很多的黃金板運到這兒來，然後再進行組裝，否則根本不可能直接搬進來。」

正如博士所說的，幾百片、幾千片金板，用金色的鉚頭連在一起，就變成了骷髏的形狀。博士的祖先們，煞費苦心的打造了這個怪物。

但是，他們為什麼要如此煞費苦心呢？因為在這個如此可怕洞窟深處的黑暗當中，突然看見形狀詭異的黃金，進來的人一定會嚇得逃之夭夭。結果讓年輕的漁夫相信自己遇到妖怪，最後罹患熱病而死。

這就是埋藏黃金的人的深思熟慮。

惡魔的智慧

黑井博士用手指敲敲大骷髏的黃金板，用鋤頭四處敲過之後，對身旁的松野及八木說道：

「要拿掉這幾千片的金板，實在是非常的費事，況且又沒有帶工具來，光靠我們六個人之力，根本不可能做到。」

「說的沒錯。我看我們得先回到陸地上，請技巧純熟的技師們帶著一群人再回到這裡。同時也必須尋求當地警察的保護，畢竟怪人四十面相也想奪走這份財寶。」

松野先生謹慎的說著。

「我也這麼想，但是兩手空空的回去，當地人恐怕不會相信吧！我們就先拆下兩、三片金板，當成證據帶回去。不需要任何道具，光是兩、

三片，應該拆得下來吧！」

博士說著，開始敲著大骷髏的下巴附近，同時嘴裡說道：

「真是太棒了，我們終於達到目的了。這些黃金具有龐大價值，我們可以把它送交國庫，換回紙幣就好了。對國家而言，也是很有利益的事情。長久以來研究暗號，現在沒有比這個更令人高興的事情了……。事情已經暫時告一段落，大家都很累了吧？」

博士坐在洞窟的一角，從口袋裡掏出煙來點火。眾人也學著他，各自找地方坐下來，喝著水壺裡的水，抽著煙。

不久之後，怪事發生了。首先是松野，開始點頭打起瞌睡，接著是八木、小林少年，以及兩名青年，也陸陸續續的產生睡意。很快的，原本坐下來的人，全都躺了下來，倒在冰涼的岩石上，甚至發出鼾聲，全都睡著了。

六個人當中，只有一個人是醒著的，那就是黑井博士。博士逐一搖著其他人的肩膀，確定他們真的睡著之後，露出了笑容。半白的蓬鬆頭髮，戴著粗邊玳瑁大眼鏡，蓄著山羊鬍的博士的臉上，露出不懷好意的微笑。

「喂、喂，各位，你們怎麼睡著啦？這是怎麼一回事啊？留我一個人在這裡，不是太寂寞了嗎？你們想想，接下來會發生什麼事情呢？一艘快艇已經朝這個島開過來，上面載著我的十個朋友，都是一些強壯的傢伙噢！

快艇已經到達岸邊，他們已經登陸，抓住看守小船的老漁夫，並在洞窟的入口處抓住兩名青年，綁住他們三個人。

他們十個人進入洞中，沿著痲繩朝這裡走來。你們都還沒有察覺到吧？事實上，他們已經來到這裡了囉！他們會把你們全部綁起來。接下來我們要做什麼，你們都不會阻撓了。我們的確是要做一些事情。哇嘿嘿嘿……」

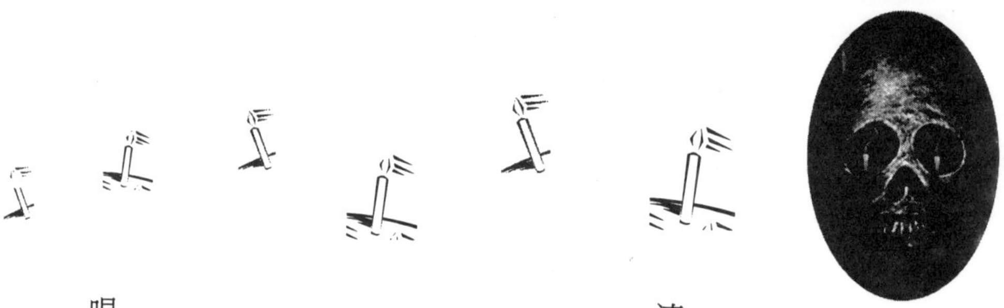

黑井博士自言自語，似乎很高興的笑了起來。

就在這時，突然聽到睡著的五個人當中有人說話了。

「當然，你們想把金板卸下來，然後運到洞外，放在快艇上，再迅速離開。你的計謀太高明了，惡魔的智慧實在是太可怕了。哈哈哈……」

爽朗的笑聲，不斷的迴盪在洞窟之中。

黑井博士嚇了一跳。

「是誰？誰在笑？」

「是我啊！因為你的自言自語實在很有趣，所以把我吵醒了。」

說著，慢吞吞站起來的是八木。

「你、你沒有喝咖啡嗎？」

「沒喝啊！因為太難喝了。」

原來之前黑井博士讓大家喝的咖啡裡放了安眠藥。不知情的眾人，喝了咖啡之後就睡著了。但是，六個人當中，真正有喝咖啡的只有三個人，其餘的三個人都假裝喝了咖啡，事實上根本就沒有喝。除了黑井博士、八木，還有另外一個人，那就是……。聰明的各位讀者，應該知道這個人是誰了吧！

「哼！八木先生，你聽到我剛才自言自語了嗎？」

黑井博士從驚訝中重新撫平情緒，用平靜的聲音問道。

「沒錯，對於惡魔的智慧，我真的很佩服。」

八木先生走近博士，鎮定的回答著。兩個人左手持手電筒，照著對方的臉，在那兒交談著。

「你打算怎麼辦呢？要加入我嗎？還是成為我的敵人呢？」

「如果你加入，那麼，我們兩人是不是就平分這些黃金呢？」

「這個嘛，怎麼可以平分呢？因為擬定這個計畫的是我，所以不能夠平分。」

「哼！就算是平分，我也不答應。」

「咦！不答應？那麼你打算怎麼做？」

「我全都要，因為你根本就沒有權利擁有這個黃金。」

八木的語氣愈來愈堅定。博士聽到之後，嚇得連連倒退，山羊鬍不斷的抖動著，眼鏡後方的雙眼，瞇得愈來愈細，露出邪惡的面目。

「什麼？你說黑井博士沒有擁有黃金的權利嗎？」

「黑井博士是擁有權利，但你不是黑井博士，你是假冒的。」

八木激烈的語氣，響徹整個洞窟內。

骷髏的牙齒

黑井博士和八木先生在黑暗的洞窟中對峙。雙方都拿著手電筒，滿懷敵意的照著對方的臉。

「你什麼都不知道吧！當你們三個人搭乘飛機出發之後，在東京發生了奇怪的事情。」

八木先生目光銳利的看著黑井說道。

「在大家都出發後，我打電話到黑井博士的家，但是，卻沒有人接電話。打了幾次都一樣，所以，我覺得很奇怪。為了謹慎起見，我開車到博士家。玄關緊閉，靜悄悄的，好像是空屋。雖然我知道博士不在，但是，他的女兒應該在家。我覺得很奇怪，於是繞到窗外，看看窗內的情景。結果竟然看到小女孩嘴巴被堵住，手腳被綁住，倒在房間裡。問她爸爸呢，她說在二樓。跑到二樓一看，黑井博士被五花大綁，塞在衣櫥裡睡著了，似乎是服用了麻醉藥。

黑井博士有兩個，一個已經搭飛機出發，另一個還被綁在家中。到底誰才是真正的博士？當然是被綑綁的那個才是真的，而在這裡的黑井博士是假冒的。」

「胡說，怎麼會有這種蠢事？那麼你、你說我會是誰呢？」

黑井博士還想強辯，但是八木先生卻笑了起來，露出白皙的牙齒。這個笑容彷彿曾經見過。八木先生用手指著對方的臉，大叫道。

「你是，怪人四十面相！」

聽他這麼說，博士倒退了幾步，可是並沒有投降。

「證據呢？」

「證據就是這個。」

八木先生的手，迅速伸向博士的頭，瞬間就扯下他那半白的假髮，寬邊的玳瑁大眼鏡掉落，山羊鬍被拉掉，露出來的是黑色的頭髮、年輕的臉龐。

「不愧是變裝的名人，打扮得和黑井博士一模一樣。但是，現在已經到了這個地步，一切都結束了。你已經成為甕中之鱉了。」

被揭穿假面具的四十面相，無法再偽裝下去。他笑著說道：

「嗯！太厲害了。你是……明智小五郎嗎？利用繃帶的裝扮，未免太落伍了些。還是拿掉繃帶，讓我看看你的真面目吧！」

被四十面相識破、假扮成八木先生的名偵探明智小五郎，笑著拿掉繃帶。

雙方變成互瞪的巨人與怪人。在黑暗的地底當中，於黃金大骷髏面前形成異樣的對峙。

「哈哈哈……明智先生，好久不見。不過，你只有一個人，小林和兩名年輕人都睡著了，現在我們可是一對一。而且不久之後，我就會有十個同志來幫忙。一對十一，即使是名偵探，也要舉手投降吧！我很同情你，但贏家還是我。」

四十面相愉快的笑了起來，然而明智卻似乎一點也不擔心。

「你說的是開快艇來的十個人嗎？其實已經有十五名警察已經登陸這個島上。我在到達對面的漁村之前，就已經在中途通知了警察局。

聽到四十面相，警察們都很振奮，於是挑選十五名精壯的警察，搭

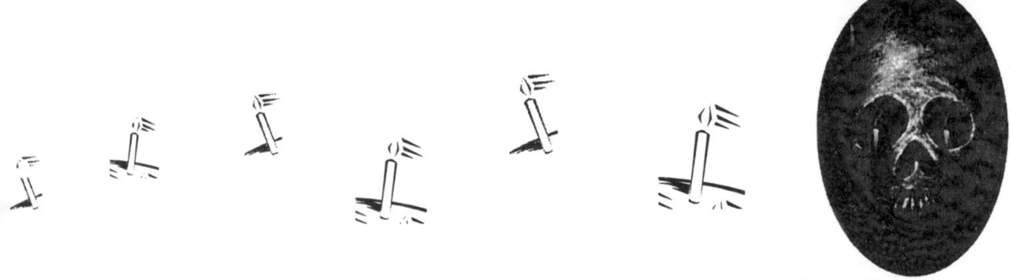

乘大型的快艇，已經來到了島上。你們的快艇看到警察艇，應該也會逃之夭夭吧！也許早就在岩石上被警察隊給逮捕了呢！我看已經沒有任何同伴會來救你了。」

聽他這麼說，四十面相額頭上爆出密密層層青筋。因為過於憤怒，整張臉變成紫紅色。

「哼！你竟然還有這一手，不愧是明智。我不得不稱讚你……。這麼說來，我就成了甕中之鱉了嗎？甕中之鱉會做什麼呢？我想你應該知道吧！雖然我討厭殺人，但是，既然成為被逼到沒有退路的老鼠，就算要死，也要找個陪葬的……。你看著，我就用你的命來換好了。在警察還沒有趕到之前，快放我逃走，否則我們就同歸於盡。你要選擇何者呢？」

四十面相從口袋中掏出手槍，抵住明智的胸前。不過，明智絲毫沒有懼色，依然笑吟吟的看著對方蒼白的臉。

「滾到一邊去，否則我就開槍了。」

「我真同情你，你已經逃不掉了。你要開槍就開槍好了。」

四十面相看到明智鎮定的笑容，反而更加的憤怒。他再也嚥不下這口氣，於是扣著板機的手指突然彎了下去，喀嚓一聲，手槍射擊了。

這會兒名偵探是不是胸口流血，倒在血泊之中了呢？不，不知怎麼的，明智竟然若無其事的在那兒笑著。焦躁的四十面相，又扣下板機。但還是不行，根本不管用。

「哈哈哈……看來你一點都不知道我的把戲。沒有萬全的準備，怎麼可能貿然的前來和你一較長短呢？在來這裡的路上，你不是說遇到一個會發出猴子叫聲的侏儒嗎？這個侏儒撞到了你，當時你的手槍和我的手槍已經對調，兩支手槍型號相同。侏儒放進你的口袋中的我的手槍，沒有安裝任何子彈。你口袋裡的手槍在這兒呢！這支手槍不小心溜進我的口袋裡了。你就舉雙手投降吧！」

明智說著，從口袋裡掏出手槍，對準四十面相的胸口。頓時反客為主。即使是四十面相，也驚訝的說不出話來，只好將沒有用處的手槍扔到地面，高舉雙手。

「那個侏儒是……」

「就是你認識的小林少年啊！在黑暗當中，他可是做了不少事呢！沒有被任何人發現。像松鼠般機靈的少年，在這個時候最有用。」

「畜牲，又是那小傢伙幹的好事！」

四十面相環視洞窟內。

「哈哈哈……你再怎麼找，小林都不在這裡了。他也沒有喝咖啡，只是假裝睡著了而已。那麼，他到哪兒去了呢？哎！你真是不善於觀察啊！他已經代替我去接警察們了。很快的，他們就會進來了。現在小林可是帶著十五名警察，朝這裡走過來囉！」

四十面相似乎已經放棄似的呆立在原地。既不想掙扎，也不想逃

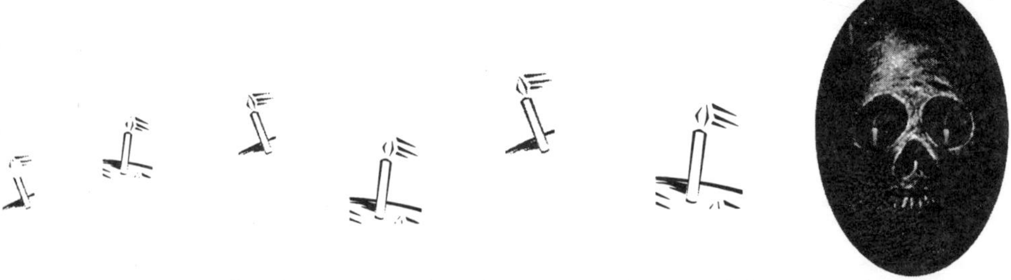

走，面如死灰。

過了十分鐘，從洞窟的另一個方向聽到雜沓的腳步聲，產生巨大的回音傳了過來。

腳步聲愈來愈大，最後，看到許多的光芒出現在岩石的轉角處。十五名警察全都拿著手電筒，照著岩洞。

在洞窟中，如白晝般燈火通明。在如洪水的光芒中，穿著制服的警察列隊走了進來。帶頭的則是少年名偵探小林。如蘋果般的臉頰，露出可愛的微笑，就好像部隊隊長似的意氣風發。

四十面相已經完全放棄抵抗。他在明智的手槍及警察不斷逼近的情況下，節節敗退。現在靠在黃金大骷髏嘴巴的附近，肩膀上下起伏，喘著氣，以空洞的眼神看著眼前的一切。

大骷髏如斧頭般的巨大牙齒，正好抵住四十面相的肩膀附近。十幾支手電筒全都集中在該處，閃耀光芒的黃金骷髏的巨大牙齒，彷彿咬住了怪人四十面相。看起來就好像是黃金骷髏討厭四十面相的歹念，要給他最後的懲罰似的。

頑強的怪人四十面相終於束手就擒。小林少年長久以來的苦心，終於得到回報。

解說

幽默奇特的變裝術

中島河太郎
（文藝評論家）

『怪人四十面相』是「少年偵探團」系列的第八本書。名偵探明智小五郎及其助手小林少年，與人稱二十面相的怪盜的大門智，深受當時少年讀者的歡迎。

作者江戶川亂步不停的吊讀者們的胃口，陸續提出難解的謎題，展開讓人難以喘息的冒險故事，的確深深吸引著讀者的目光，這是其他作家所不及之處。

繼一九三六年，出版『怪盜二十面相』之後，一九三七年的『少年偵探團』、一九三八年的『妖怪博士』等陸續發行。後來又寫了『大金塊』、『新寶島』等不同的作品。這是因為當時適逢與中國戰爭的時期，不能夠再寫關於盜賊故事的緣故。

戰爭結束後，從一九四九年開始，在『青銅魔人』當中，二十面相再度復活。接著又發表『虎牙』（後來書名更改為『地底魔術王』）及『透明怪人』。一九五二年一月號到十二月號為止，在「少年」雜誌中連載這些故事。

因為『透明怪人』事件而遭到逮捕的怪盜二十面相，被囚禁在拘留所，世人都深感安心。但是，他卻在嚴密監視的拘留所之中，寄信給報社，宣布自己要逃獄。不只如此，對於世人稱呼自己為二十面相大為不滿，認為自己應該被稱為四十面相，因而改名。

稱為二十面相，是因為作者考慮到英國作家湯瑪斯．漢修所著『四十面相的戰爭』中的義賊之名，因此，才改稱為二十面相。可是，當時日本人已經熟悉了這個名字，為什麼還要特地的改名呢？四十面相和二

十面相並沒有什麼不同，這就是作者失敗之處。

其證明就是在一九五八年於「快樂的二年級學生」雜誌上連載了「不可思議的人」。而在翌年，又繼續在「快樂的三年級學生」中連載，但標題卻更改為「二十面相」，當時他曾經說道：

「怪人四十面相改名為二十面相。其實我認為他應該有四十種不同的面貌，本想命名為四十面相，但是，因為世人已經熟悉二十面相，所以，我也只能稱他為二十面相。」特地向讀者道歉。

在作品中登場的靖國神社

二十面相這麼有名，而知道其真相的讀者卻非常的少。作者在『少年偵探團』當中，曾經說道：「我並沒有既定的面貌，連我自己都忘了自己長什麼樣子了。」

作者在一九五六年所寫的『馬戲怪人』一書當中，闡述了二十面相的真實身份。原來他就是馬戲團雜技演員遠藤平吉。

注意到這個報導的劇作家北村想先生，大膽的嘗試寫他的傳記。於一九八九年時，發表『怪盜二十面相・傳』。有興趣的人，不妨到圖書館借閱。

怪人四十面相喬裝改扮的郵筒（1945 年代）
遞信博物館提供

四十面相逃獄的方法，是巧妙利用演出其事件的戲劇。主要演員扮演明智和透明怪人二角。甚至連警政署的中村組長也登場了。

在演出逮捕他的場面時，四十面相出現了，的確是很神奇的方法。小林少年識破他的手法後，四十面相只好先發

制人。利用廣告汽球逃走的方法，相信各位讀者已經很熟悉了吧！後來卻將郵筒當成偽裝的工具，確實相當幽默有趣。

到了後半段，整個故事進入尋寶的話題。三個骸骨聚集起來，解讀暗號的場面，被小林少年看到了。大家應該還記得，四十面相在拘留所中早已宣布要揭開「黃金骷髏的祕密」。這和骸骨奇妙的聚會有關。

少年偵探團再加上不良少年機動隊的協助，小林扮演會動的百科全書的技巧及煙遁術，相信各位讀者都應該很佩服吧！

成功的解讀暗號，舞台移到紀伊半島海邊的骷髏島。可怕的探險與四十面相的計謀糾纏在一起，成為充滿冒險刺激的故事。

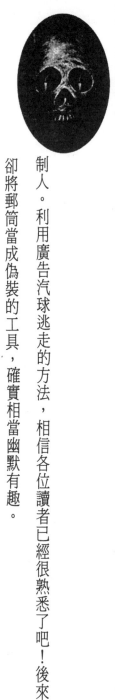

大展出版社有限公司
品冠文化出版社

圖書目錄

地址：台北市北投區(石牌)
致遠一路二段 12 巷 1 號
郵撥：0166955～1

電話：(02)28236031
28236033
傳真：(02)28272069

法律專欄連載・大展編號 58

台大法學院　　法律學系／策劃
法律服務社／編著

1. 別讓您的權利睡著了(1)		200 元
2. 別讓您的權利睡著了(2)		200 元

・生 活 廣 場・品冠編號 61・

1. 366 天誕生星	李芳黛譯	280 元
2. 366 天誕生花與誕生石	李芳黛譯	280 元
3. 科學命相	淺野八郎著	220 元
4. 已知的他界科學	陳蒼杰譯	220 元
5. 開拓未來的他界科學	陳蒼杰譯	220 元
6. 世紀末變態心理犯罪檔案	沈永嘉譯	240 元
7. 366 天開運年鑑	林廷宇編著	230 元
8. 色彩學與你	野村順一著	230 元
9. 科學手相	淺野八郎著	230 元
10. 你也能成為戀愛高手	柯富陽編著	220 元
11. 血型與十二星座	許淑瑛編著	230 元
12. 動物測驗—人性現形	淺野八郎著	200 元
13. 愛情、幸福完全自測	淺野八郎著	200 元
14. 輕鬆攻佔女性	趙奕世編著	230 元
15. 解讀命運密碼	郭宗德著	200 元
16. 由客家了解亞洲	高木桂藏著	220 元

・女醫師系列・品冠編號 62

1. 子宮內膜症	國府田清子著	200 元
2. 子宮肌瘤	黑島淳子著	200 元
3. 上班女性的壓力症候群	池下育子著	200 元
4. 漏尿、尿失禁	中田真木著	200 元
5. 高齡生產	大鷹美子著	200 元
6. 子宮癌	上坊敏子著	200 元

7. 避孕	早乙女智子著	200 元
8. 不孕症	中村春根著	200 元
9. 生理痛與生理不順	堀口雅子著	200 元
10. 更年期	野末悅子著	200 元

・傳統民俗療法・品冠編號 63

1. 神奇刀療法	潘文雄著	200 元
2. 神奇拍打療法	安在峰著	200 元
3. 神奇拔罐療法	安在峰著	200 元
4. 神奇艾灸療法	安在峰著	200 元
5. 神奇貼敷療法	安在峰著	200 元
6. 神奇薰洗療法	安在峰著	200 元
7. 神奇耳穴療法	安在峰著	200 元
8. 神奇指針療法	安在峰著	200 元
9. 神奇藥酒療法	安在峰著	200 元
10. 神奇藥茶療法	安在峰著	200 元

・彩色圖解保健・品冠編號 64

1. 瘦身	主婦之友社	300 元
2. 腰痛	主婦之友社	300 元
3. 肩膀痠痛	主婦之友社	300 元
4. 腰、膝、腳的疼痛	主婦之友社	300 元
5. 壓力、精神疲勞	主婦之友社	300 元
6. 眼睛疲勞、視力減退	主婦之友社	300 元

・心 想 事 成・品冠編號 65

1. 魔法愛情點心	結城莫拉著	120 元
2. 可愛手工飾品	結城莫拉著	120 元
3. 可愛打扮 & 髮型	結城莫拉著	120 元
4. 撲克牌算命	結城莫拉著	120 元

・少年偵探・品冠編號 66

1. 怪盜二十面相	江戶川亂步著	特價 189 元
2. 少年偵探團	江戶川亂步著	特價 189 元
3. 妖怪博士	江戶川亂步著	特價 189 元
4. 大金塊	江戶川亂步著	特價 230 元
5. 青銅魔人	江戶川亂步著	特價 230 元
6. 地底偵探王	江戶川亂步著	
7. 透明怪人	江戶川亂步著	

8. 怪人四十面相	江戶川亂步著
9. 宇宙怪人	江戶川亂步著
10. 恐怖的鐵塔王國	江戶川亂步著
11. 灰色巨人	江戶川亂步著
12. 海底魔術師	江戶川亂步著
13. 黃金豹	江戶川亂步著
14. 魔法博士	江戶川亂步著
15. 馬戲怪人	江戶川亂步著
16. 魔人剛果	江戶川亂步著
17. 魔法人偶	江戶川亂步著
18. 奇面城的秘密	江戶川亂步著
19. 夜光人	江戶川亂步著
20. 塔上的魔術師	江戶川亂步著
21. 鐵人Ｑ	江戶川亂步著
22. 假面恐怖王	江戶川亂步著
23. 電人Ｍ	江戶川亂步著
24. 二十面相的詛咒	江戶川亂步著
25. 飛天二十面相	江戶川亂步著
26. 黃金怪獸	江戶川亂步著

·武術特輯· 大展編號 10

1. 陳式太極拳入門	馮志強編著	180 元
2. 武式太極拳	郝少如編著	200 元
3. 練功十八法入門	蕭京凌編著	120 元
4. 教門長拳	蕭京凌編著	150 元
5. 跆拳道	蕭京凌編譯	180 元
6. 正傳合氣道	程曉鈴譯	200 元
7. 圖解雙節棍	陳銘遠著	150 元
8. 格鬥空手道	鄭旭旭編著	200 元
9. 實用跆拳道	陳國榮編著	200 元
10. 武術初學指南	李文英、解守德編著	250 元
11. 泰國拳	陳國榮著	180 元
12. 中國式摔跤	黃　斌編著	180 元
13. 太極劍入門	李德印編著	180 元
14. 太極拳運動	運動司編	250 元
15. 太極拳譜	清·王宗岳等著	280 元
16. 散手初學	冷　峰編著	200 元
17. 南拳	朱瑞琪編著	180 元
18. 吳式太極劍	王培生著	200 元
19. 太極拳健身與技擊	王培生著	250 元
20. 秘傳武當八卦掌	狄兆龍著	250 元
21. 太極拳論譚	沈　壽著	250 元
22. 陳式太極拳技擊法	馬　虹著	250 元

23. 二十四式/三十二式 太極 拳/劍	闞桂香著	180 元
24. 楊式秘傳 129 式太極長拳	張楚全著	280 元
25. 楊式太極拳架詳解	林炳堯著	280 元
26. 華佗五禽劍	劉時榮著	180 元
27. 太極拳基礎講座：基本功與簡化 24 式	李德印著	250 元
28. 武式太極拳精華	薛乃印著	200 元
29. 陳式太極拳拳理闡微	馬　虹著	350 元
30. 陳式太極拳體用全書	馬　虹著	400 元
31. 張三豐太極拳	陳占奎著	200 元
32. 中國太極推手	張　山主編	300 元
33. 48 式太極拳入門	門惠豐編著	220 元
34. 太極拳奇人奇功	嚴翰秀編著	250 元
35. 心意門秘籍	李新民編著	220 元
36. 三才門乾坤戊己功	王培生編著	220 元
37. 武式太極劍精華 +VCD	薛乃印編著	350 元
38. 楊式太極拳	傅鐘文演述	200 元
39. 陳式太極拳、劍 36 式	闞桂香編著	250 元
40. 正宗武式太極拳	薛乃印著	220 元

・原地太極拳系列・大展編號 11

1. 原地綜合太極拳 24 式	胡啟賢創編	220 元
2. 原地活步太極拳 42 式	胡啟賢創編	200 元
3. 原地簡化太極拳 24 式	胡啟賢創編	200 元
4. 原地太極拳 12 式	胡啟賢創編	200 元

・名師出高徒・大展編號 111

1. 武術基本功與基本動作	劉玉萍編著	200 元
2. 長拳入門與精進	吳彬　等著	220 元
3. 劍術刀術入門與精進	楊柏龍等著	220 元
4. 棍術、槍術入門與精進	邱丕相編著	220 元
5. 南拳入門與精進	朱瑞琪編著	元
6. 散手入門與精進	張　山等著	元
7. 太極拳入門與精進	李德印編著	元
8. 太極推手入門與精進	田金龍編著	元

・實用武術技擊・大展編號 112

1. 實用自衛拳法	溫佐惠著
2. 搏擊術精選	陳清山等著

・道學文化・大展編號 12

1.	道在養生：道教長壽術	郝　勤等著	250 元
2.	龍虎丹道：道教內丹術	郝　勤著	300 元
3.	天上人間：道教神仙譜系	黃德海著	250 元
4.	步罡踏斗：道教祭禮儀典	張澤洪著	250 元
5.	道醫窺秘：道教醫學康復術	王慶餘等著	250 元
6.	勸善成仙：道教生命倫理	李　剛著	250 元
7.	洞天福地：道教宮觀勝境	沙銘壽著	250 元
8.	青詞碧簫：道教文學藝術	楊光文等著	250 元
9.	沈博絕麗：道教格言精粹	朱耕發等著	250 元

・易學智慧・大展編號 122

1.	易學與管理	余敦康主編	250 元
2.	易學與養生	劉長林等著	300 元
3.	易學與美學	劉綱紀等著	300 元
4.	易學與科技	董光壁　著	280 元
5.	易學與建築	韓增祿　著	280 元
6.	易學源流	鄭萬耕　著	元
7.	易學的思維	傅雲龍等著	元
8.	周易與易圖	李　申　著	元

・神算大師・大展編號 123

1.	劉伯溫神算兵法	應　涵編著	280 元
2.	姜太公神算兵法	應　涵編著	280 元
3.	鬼谷子神算兵法	應　涵編著	280 元
4.	諸葛亮神算兵法	應　涵編著	280 元

・秘傳占卜系列・大展編號 14

1.	手相術	淺野八郎著	180 元
2.	人相術	淺野八郎著	180 元
3.	西洋占星術	淺野八郎著	180 元
4.	中國神奇占卜	淺野八郎著	150 元
5.	夢判斷	淺野八郎著	150 元
6.	前世、來世占卜	淺野八郎著	150 元
7.	法國式血型學	淺野八郎著	150 元
8.	靈感、符咒學	淺野八郎著	150 元
9.	紙牌占卜術	淺野八郎著	150 元
10.	ESP 超能力占卜	淺野八郎著	150 元

11. 猶太數的秘術	淺野八郎著	150 元
12. 新心理測驗	淺野八郎著	160 元
13. 塔羅牌預言秘法	淺野八郎著	200 元

・趣味心理講座・大展編號 15

1. 性格測驗① 探索男與女	淺野八郎著	140 元
2. 性格測驗② 透視人心奧秘	淺野八郎著	140 元
3. 性格測驗③ 發現陌生的自己	淺野八郎著	140 元
4. 性格測驗④ 發現你的真面目	淺野八郎著	140 元
5. 性格測驗⑤ 讓你們吃驚	淺野八郎著	140 元
6. 性格測驗⑥ 洞穿心理盲點	淺野八郎著	140 元
7. 性格測驗⑦ 探索對方心理	淺野八郎著	140 元
8. 性格測驗⑧ 由吃認識自己	淺野八郎著	160 元
9. 性格測驗⑨ 戀愛知多少	淺野八郎著	160 元
10. 性格測驗⑩ 由裝扮瞭解人心	淺野八郎著	160 元
11. 性格測驗⑪ 敲開內心玄機	淺野八郎著	140 元
12. 性格測驗⑫ 透視你的未來	淺野八郎著	160 元
13. 血型與你的一生	淺野八郎著	160 元
14. 趣味推理遊戲	淺野八郎著	160 元
15. 行為語言解析	淺野八郎著	160 元

・婦 幼 天 地・大展編號 16

1. 八萬人減肥成果	黃靜香譯	180 元
2. 三分鐘減肥體操	楊鴻儒譯	150 元
3. 窈窕淑女美髮秘訣	柯素娥譯	130 元
4. 使妳更迷人	成　玉譯	130 元
5. 女性的更年期	官舒妍編譯	160 元
6. 胎內育兒法	李玉瓊編譯	150 元
7. 早產兒袋鼠式護理	唐岱蘭譯	200 元
8. 初次懷孕與生產	婦幼天地編譯組	180 元
9. 初次育兒 12 個月	婦幼天地編譯組	180 元
10. 斷乳食與幼兒食	婦幼天地編譯組	180 元
11. 培養幼兒能力與性向	婦幼天地編譯組	180 元
12. 培養幼兒創造力的玩具與遊戲	婦幼天地編譯組	180 元
13. 幼兒的症狀與疾病	婦幼天地編譯組	180 元
14. 腿部苗條健美法	婦幼天地編譯組	180 元
15. 女性腰痛別忽視	婦幼天地編譯組	150 元
16. 舒展身心體操術	李玉瓊編譯	130 元
17. 三分鐘臉部體操	趙薇妮著	160 元
18. 生動的笑容表情術	趙薇妮著	160 元
19. 心曠神怡減肥法	川津祐介著	130 元

20. 內衣使妳更美麗	陳玄茹譯	130 元
21. 瑜伽美姿美容	黃靜香編著	180 元
22. 高雅女性裝扮學	陳珮玲譯	180 元
23. 蠶糞肌膚美顏法	坂梨秀子著	160 元
24. 認識妳的身體	李玉瓊譯	160 元
25. 產後恢復苗條體態	居理安・芙萊喬著	200 元
26. 正確護髮美容法	山崎伊久江著	180 元
27. 安琪拉美姿養生學	安琪拉蘭斯博瑞著	180 元
28. 女體性醫學剖析	增田豐著	220 元
29. 懷孕與生產剖析	岡部綾子著	180 元
30. 斷奶後的健康育兒	東城百合子著	220 元
31. 引出孩子幹勁的責罵藝術	多湖輝著	170 元
32. 培養孩子獨立的藝術	多湖輝著	170 元
33. 子宮肌瘤與卵巢囊腫	陳秀琳編著	180 元
34. 下半身減肥法	納他夏・史達賓著	180 元
35. 女性自然美容法	吳雅菁編著	180 元
36. 再也不發胖	池園悅太郎著	170 元
37. 生男生女控制術	中垣勝裕著	220 元
38. 使妳的肌膚更亮麗	楊　皓編著	170 元
39. 臉部輪廓變美	芝崎義夫著	180 元
40. 斑點、皺紋自己治療	高須克彌著	180 元
41. 面皰自己治療	伊藤雄康著	180 元
42. 隨心所欲瘦身冥想法	原久子著	180 元
43. 胎兒革命	鈴木丈織著	180 元
44. NS 磁氣平衡法塑造窈窕奇蹟	古屋和江著	180 元
45. 享瘦從腳開始	山田陽子著	180 元
46. 小改變瘦 4 公斤	宮本裕子著	180 元
47. 軟管減肥瘦身	高橋輝男著	180 元
48. 海藻精神秘美容法	劉名揚編著	180 元
49. 肌膚保養與脫毛	鈴木真理著	180 元
50. 10 天減肥 3 公斤	彤雲編輯組	180 元
51. 穿出自己的品味	西村玲子著	280 元
52. 小孩髮型設計	李芳黛譯	250 元

・青 春 天 地・大展編號 17

1. A 血型與星座	柯素娥編譯	160 元
2. B 血型與星座	柯素娥編譯	160 元
3. O 血型與星座	柯素娥編譯	160 元
4. AB 血型與星座	柯素娥編譯	120 元
5. 青春期性教室	呂貴嵐編譯	130 元
7. 難解數學破題	宋釗宜編譯	130 元
9. 小論文寫作秘訣	林顯茂編譯	120 元
11. 中學生野外遊戲	熊谷康編著	120 元

12. 恐怖極短篇	柯素娥編譯	130 元
13. 恐怖夜話	小毛驢編譯	130 元
14. 恐怖幽默短篇	小毛驢編譯	120 元
15. 黑色幽默短篇	小毛驢編譯	120 元
16. 靈異怪談	小毛驢編譯	130 元
17. 錯覺遊戲	小毛驢編著	130 元
18. 整人遊戲	小毛驢編著	150 元
19. 有趣的超常識	柯素娥編譯	130 元
20. 哦！原來如此	林慶旺編譯	130 元
21. 趣味競賽 100 種	劉名揚編譯	120 元
22. 數學謎題入門	宋釗宜編譯	150 元
23. 數學謎題解析	宋釗宜編譯	150 元
24. 透視男女心理	林慶旺編譯	120 元
25. 少女情懷的自白	李桂蘭編譯	120 元
26. 由兄弟姊妹看命運	李玉瓊編譯	130 元
27. 趣味的科學魔術	林慶旺編譯	150 元
28. 趣味的心理實驗室	李燕玲編譯	150 元
29. 愛與性心理測驗	小毛驢編譯	130 元
30. 刑案推理解謎	小毛驢編譯	180 元
31. 偵探常識推理	小毛驢編譯	180 元
32. 偵探常識解謎	小毛驢編譯	130 元
33. 偵探推理遊戲	小毛驢編譯	180 元
34. 趣味的超魔術	廖玉山編著	150 元
35. 趣味的珍奇發明	柯素娥編著	150 元
36. 登山用具與技巧	陳瑞菊編著	150 元
37. 性的漫談	蘇燕謀編著	180 元
38. 無的漫談	蘇燕謀編著	180 元
39. 黑色漫談	蘇燕謀編著	180 元
40. 白色漫談	蘇燕謀編著	180 元

・健 康 天 地・大展編號 18

1. 壓力的預防與治療	柯素娥編譯	130 元
2. 超科學氣的魔力	柯素娥編譯	130 元
3. 尿療法治病的神奇	中尾良一著	130 元
4. 鐵證如山的尿療法奇蹟	廖玉山譯	120 元
5. 一日斷食健康法	葉慈容編譯	150 元
6. 胃部強健法	陳炳崑譯	120 元
7. 癌症早期檢查法	廖松濤譯	160 元
8. 老人痴呆症防止法	柯素娥編譯	170 元
9. 松葉汁健康飲料	陳麗芬編譯	150 元
10. 揉肚臍健康法	永井秋夫著	150 元
11. 過勞死、猝死的預防	卓秀貞編譯	130 元
12. 高血壓治療與飲食	藤山順豐著	180 元

13. 老人看護指南	柯素娥編譯	150 元
14. 美容外科淺談	楊啟宏著	150 元
15. 美容外科新境界	楊啟宏著	150 元
16. 鹽是天然的醫生	西英司郎著	140 元
17. 年輕十歲不是夢	梁瑞麟譯	200 元
18. 茶料理治百病	桑野和民著	180 元
19. 綠茶治病寶典	桑野和民著	150 元
20. 杜仲茶養顏減肥法	西田博著	170 元
21. 蜂膠驚人療效	瀨長良三郎著	180 元
22. 蜂膠治百病	瀨長良三郎著	180 元
23. 醫藥與生活㈠	鄭炳全著	180 元
24. 鈣長生寶典	落合敏著	180 元
25. 大蒜長生寶典	木下繁太郎著	160 元
26. 居家自我健康檢查	石川恭三著	160 元
27. 永恆的健康人生	李秀鈴譯	200 元
28. 大豆卵磷脂長生寶典	劉雪卿譯	150 元
29. 芳香療法	梁艾琳譯	160 元
30. 醋長生寶典	柯素娥譯	180 元
31. 從星座透視健康	席拉・吉蒂斯著	180 元
32. 愉悅自在保健學	野本二士夫著	160 元
33. 裸睡健康法	丸山淳士等著	160 元
34. 糖尿病預防與治療	藤山順豐著	180 元
35. 維他命長生寶典	菅原明子著	180 元
36. 維他命 C 新效果	鐘文訓編	150 元
37. 手、腳病理按摩	堤芳朗著	160 元
38. AIDS 瞭解與預防	彼得塔歇爾著	180 元
39. 甲殼質殼聚糖健康法	沈永嘉譯	160 元
40. 神經痛預防與治療	木下真男著	160 元
41. 室內身體鍛鍊法	陳炳崑編著	160 元
42. 吃出健康藥膳	劉大器編著	180 元
43. 自我指壓術	蘇燕謀編著	160 元
44. 紅蘿蔔汁斷食療法	李玉瓊編著	150 元
45. 洗心術健康秘法	竺翠萍編譯	170 元
46. 枇杷葉健康療法	柯素娥編譯	180 元
47. 抗衰血癒	楊啟宏著	180 元
48. 與癌搏鬥記	逸見政孝著	180 元
49. 冬蟲夏草長生寶典	高橋義博著	170 元
50. 痔瘡・大腸疾病先端療法	宮島伸宜著	180 元
51. 膠布治癒頑固慢性病	加瀨建造著	180 元
52. 芝麻神奇健康法	小林貞作著	170 元
53. 香煙能防止癡呆？	高田明和著	180 元
54. 穀菜食治癌療法	佐藤成志著	180 元
55. 貼藥健康法	松原英多著	180 元
56. 克服癌症調和道呼吸法	帶津良一著	180 元

57. B 型肝炎預防與治療	野村喜重郎著	180 元
58. 青春永駐養生導引術	早島正雄著	180 元
59. 改變呼吸法創造健康	原久子著	180 元
60. 荷爾蒙平衡養生秘訣	出村博著	180 元
61. 水美肌健康法	井戶勝富著	170 元
62. 認識食物掌握健康	廖梅珠編著	170 元
63. 痛風劇痛消除法	鈴木吉彥著	180 元
64. 酸莖菌驚人療效	上田明彥著	180 元
65. 大豆卵磷脂治現代病	神津健一著	200 元
66. 時辰療法—危險時刻凌晨 4 時	呂建強等著	180 元
67. 自然治癒力提升法	帶津良一著	180 元
68. 巧妙的氣保健法	藤平墨子著	180 元
69. 治癒 C 型肝炎	熊田博光著	180 元
70. 肝臟病預防與治療	劉名揚編著	180 元
71. 腰痛平衡療法	荒井政信著	180 元
72. 根治多汗症、狐臭	稻葉益巳著	220 元
73. 40 歲以後的骨質疏鬆症	沈永嘉譯	180 元
74. 認識中藥	松下一成著	180 元
75. 認識氣的科學	佐佐木茂美著	180 元
76. 我戰勝了癌症	安田伸著	180 元
77. 斑點是身心的危險信號	中野進著	180 元
78. 艾波拉病毒大震撼	玉川重德著	180 元
79. 重新還我黑髮	桑名隆一郎著	180 元
80. 身體節律與健康	林博史著	180 元
81. 生薑治萬病	石原結實著	180 元
82. 靈芝治百病	陳瑞東著	180 元
83. 木炭驚人的威力	大槻彰著	200 元
84. 認識活性氧	井土貴司著	180 元
85. 深海鮫治百病	廖玉山編著	180 元
86. 神奇的蜂王乳	井上丹治著	180 元
87. 卡拉 OK 健腦法	東潔著	180 元
88. 卡拉 OK 健康法	福田伴男著	180 元
89. 醫藥與生活㈡	鄭炳全著	200 元
90. 洋蔥治百病	宮尾興平著	180 元
91. 年輕 10 歲快步健康法	石塚忠雄著	180 元
92. 石榴的驚人神效	岡本順子著	180 元
93. 飲料健康法	白鳥早奈英著	180 元
94. 健康棒體操	劉名揚編譯	180 元
95. 催眠健康法	蕭京凌編著	180 元
96. 鬱金（美王）治百病	水野修一著	180 元
97. 醫藥與生活㈢	鄭炳全著	200 元

・實用女性學講座・大展編號 19

1.	解讀女性內心世界	島田一男著	150 元
2.	塑造成熟的女性	島田一男著	150 元
3.	女性整體裝扮學	黃靜香編著	180 元
4.	女性應對禮儀	黃靜香編著	180 元
5.	女性婚前必修	小野十傳著	200 元
6.	徹底瞭解女人	田口二州著	180 元
7.	拆穿女性謊言 88 招	島田一男著	200 元
8.	解讀女人心	島田一男著	200 元
9.	俘獲女性絕招	志賀貢著	200 元
10.	愛情的壓力解套	中村理英子著	200 元
11.	妳是人見人愛的女孩	廖松濤編著	200 元

・校園系列・大展編號 20

1.	讀書集中術	多湖輝著	180 元
2.	應考的訣竅	多湖輝著	150 元
3.	輕鬆讀書贏得聯考	多湖輝著	180 元
4.	讀書記憶秘訣	多湖輝著	180 元
5.	視力恢復！超速讀術	江錦雲譯	180 元
6.	讀書 36 計	黃柏松編著	180 元
7.	驚人的速讀術	鐘文訓編著	170 元
8.	學生課業輔導良方	多湖輝著	180 元
9.	超速讀超記憶法	廖松濤編著	180 元
10.	速算解題技巧	宋釗宜編著	200 元
11.	看圖學英文	陳炳崑編著	200 元
12.	讓孩子最喜歡數學	沈永嘉譯	180 元
13.	催眠記憶術	林碧清譯	180 元
14.	催眠速讀術	林碧清譯	180 元
15.	數學式思考學習法	劉淑錦譯	200 元
16.	考試憑要領	劉孝暉著	180 元
17.	事半功倍讀書法	王毅希著	200 元
18.	超金榜題名術	陳蒼杰譯	200 元
19.	靈活記憶術	林耀慶編著	180 元
20.	數學增強要領	江修楨編著	180 元

・實用心理學講座・大展編號 21

1.	拆穿欺騙伎倆	多湖輝著	140 元
2.	創造好構想	多湖輝著	140 元
3.	面對面心理術	多湖輝著	160 元
4.	偽裝心理術	多湖輝著	140 元

5. 透視人性弱點	多湖輝著	180 元
6. 自我表現術	多湖輝著	180 元
7. 不可思議的人性心理	多湖輝著	180 元
8. 催眠術入門	多湖輝著	150 元
9. 責罵部屬的藝術	多湖輝著	150 元
10. 精神力	多湖輝著	150 元
11. 厚黑說服術	多湖輝著	150 元
12. 集中力	多湖輝著	150 元
13. 構想力	多湖輝著	150 元
14. 深層心理術	多湖輝著	160 元
15. 深層語言術	多湖輝著	160 元
16. 深層說服術	多湖輝著	180 元
17. 掌握潛在心理	多湖輝著	160 元
18. 洞悉心理陷阱	多湖輝著	180 元
19. 解讀金錢心理	多湖輝著	180 元
20. 拆穿語言圈套	多湖輝著	180 元
21. 語言的內心玄機	多湖輝著	180 元
22. 積極力	多湖輝著	180 元

・超現實心靈講座・大展編號 22

1. 超意識覺醒法	詹蔚芬編譯	130 元
2. 護摩秘法與人生	劉名揚編譯	130 元
3. 秘法！超級仙術入門	陸明譯	150 元
4. 給地球人的訊息	柯素娥編著	150 元
5. 密教的神通力	劉名揚編著	130 元
6. 神秘奇妙的世界	平川陽一著	200 元
7. 地球文明的超革命	吳秋嬌譯	200 元
8. 力量石的秘密	吳秋嬌譯	180 元
9. 超能力的靈異世界	馬小莉譯	200 元
10. 逃離地球毀滅的命運	吳秋嬌譯	200 元
11. 宇宙與地球終結之謎	南山宏著	200 元
12. 驚世奇功揭秘	傅起鳳著	200 元
13. 啟發身心潛力心象訓練法	栗田昌裕著	180 元
14. 仙道術遁甲法	高藤聰一郎著	220 元
15. 神通力的秘密	中岡俊哉著	180 元
16. 仙人成仙術	高藤聰一郎著	200 元
17. 仙道符咒氣功法	高藤聰一郎著	220 元
18. 仙道風水術尋龍法	高藤聰一郎著	200 元
19. 仙道奇蹟超幻像	高藤聰一郎著	200 元
20. 仙道鍊金術房中法	高藤聰一郎著	200 元
21. 奇蹟超醫療治癒難病	深野一幸著	220 元
22. 揭開月球的神秘力量	超科學研究會	180 元
23. 西藏密教奧義	高藤聰一郎著	250 元

24. 改變你的夢術入門　高藤聰一郎著　250 元
25. 21 世紀拯救地球超技術　深野一幸著　250 元

・養生保健・大展編號 23

1. 醫療養生氣功　黃孝寬著　250 元
2. 中國氣功圖譜　余功保著　250 元
3. 少林醫療氣功精粹　井玉蘭著　250 元
4. 龍形實用氣功　吳大才等著　220 元
5. 魚戲增視強身氣功　宮　嬰著　220 元
6. 嚴新氣功　前新培金著　250 元
7. 道家玄牝氣功　張　章著　200 元
8. 仙家秘傳袪病功　李遠國著　160 元
9. 少林十大健身功　秦慶豐著　180 元
10. 中國自控氣功　張明武著　250 元
11. 醫療防癌氣功　黃孝寬著　250 元
12. 醫療強身氣功　黃孝寬著　250 元
13. 醫療點穴氣功　黃孝寬著　250 元
14. 中國八卦如意功　趙維漢著　180 元
15. 正宗馬禮堂養氣功　馬禮堂著　420 元
16. 秘傳道家筋經內丹功　王慶餘著　300 元
17. 三元開慧功　辛桂林著　250 元
18. 防癌治癌新氣功　郭　林著　180 元
19. 禪定與佛家氣功修煉　劉天君著　200 元
20. 顛倒之術　梅自強著　360 元
21. 簡明氣功辭典　吳家駿編　360 元
22. 八卦三合功　張全亮著　230 元
23. 朱砂掌健身養生功　楊永著　250 元
24. 抗老功　陳九鶴著　230 元
25. 意氣按穴排濁自療法　黃啟運編著　250 元
26. 陳式太極拳養生功　陳正雷著　200 元
27. 健身袪病小功法　王培生著　200 元
28. 張式太極混元功　張春銘著　250 元
29. 中國璇密功　羅琴編著　250 元
30. 中國少林禪密功　齊飛龍著　200 元
31. 郭林新氣功　郭林新氣功研究所　400 元
32. 太極八卦之源與健身養生　鄭志鴻等著　280 元

・社會人智囊・大展編號 24

1. 糾紛談判術　清水增三著　160 元
2. 創造關鍵術　淺野八郎著　150 元
3. 觀人術　淺野八郎著　200 元

4. 應急詭辯術	廖英迪編著	160 元
5. 天才家學習術	木原武一著	160 元
6. 貓型狗式鑑人術	淺野八郎著	180 元
7. 逆轉運掌握術	淺野八郎著	180 元
8. 人際圓融術	澀谷昌三著	160 元
9. 解讀人心術	淺野八郎著	180 元
10. 與上司水乳交融術	秋元隆司著	180 元
11. 男女心態定律	小田晉著	180 元
12. 幽默說話術	林振輝編著	200 元
13. 人能信賴幾分	淺野八郎著	180 元
14. 我一定能成功	李玉瓊譯	180 元
15. 獻給青年的嘉言	陳蒼杰譯	180 元
16. 知人、知面、知其心	林振輝編著	180 元
17. 塑造堅強的個性	坂上肇著	180 元
18. 為自己而活	佐藤綾子著	180 元
19. 未來十年與愉快生活有約	船井幸雄著	180 元
20. 超級銷售話術	杜秀卿譯	180 元
21. 感性培育術	黃靜香編著	180 元
22. 公司新鮮人的禮儀規範	蔡媛惠譯	180 元
23. 傑出職員鍛鍊術	佐佐木正著	180 元
24. 面談獲勝戰略	李芳黛譯	180 元
25. 金玉良言撼人心	森純大著	180 元
26. 男女幽默趣典	劉華亭編著	180 元
27. 機智說話術	劉華亭編著	180 元
28. 心理諮商室	柯素娥譯	180 元
29. 如何在公司崢嶸頭角	佐佐木正著	180 元
30. 機智應對術	李玉瓊編著	200 元
31. 克服低潮良方	坂野雄二著	180 元
32. 智慧型說話技巧	沈永嘉編著	180 元
33. 記憶力、集中力增進術	廖松濤編著	180 元
34. 女職員培育術	林慶旺編著	180 元
35. 自我介紹與社交禮儀	柯素娥編著	180 元
36. 積極生活創幸福	田中真澄著	180 元
37. 妙點子超構想	多湖輝著	180 元
38. 說 NO 的技巧	廖玉山編著	180 元
39. 一流說服力	李玉瓊編著	180 元
40. 般若心經成功哲學	陳鴻蘭編著	180 元
41. 訪問推銷術	黃靜香編著	180 元
42. 男性成功秘訣	陳蒼杰編著	180 元
43. 笑容、人際智商	宮川澄子著	180 元
44. 多湖輝的構想工作室	多湖輝著	200 元
45. 名人名語啟示錄	喬家楓著	180 元
46. 口才必勝術	黃柏松編著	220 元
47. 能言善道的說話秘訣	章智冠編著	180 元

48. 改變人心成為贏家	多湖輝著	200 元
49. 說服的ＩＱ	沈永嘉譯	200 元
50. 提升腦力超速讀術	齊藤英治著	200 元
51. 操控對手百戰百勝	多湖輝著	200 元
52. 面試成功戰略	柯素娥編著	200 元
53. 摸透男人心	劉華亭編著	180 元
54. 撼動人心優勢口才	龔伯牧編著	180 元
55. 如何使對方說 yes	程　羲編著	200 元
56. 小道理・美好生活	林政峰編著	180 元
57. 拿破崙智慧箴言	柯素娥編著	200 元
58. 解開第六感之謎	匠英一編著	200 元
59. 讀心術入門	王嘉成編著	180 元
60. 這趟人生怎麼走	李亦盛編著	200 元
61. 這趟人生樂逍遙	李亦盛編著	元

・精 選 系 列・大展編號 25

1. 毛澤東與鄧小平	渡邊利夫等著	280 元
2. 中國大崩裂	江戶介雄著	180 元
3. 台灣・亞洲奇蹟	上村幸治著	220 元
4. 7-ELEVEN 高盈收策略	國友隆一著	180 元
5. 台灣獨立（新・中國日本戰爭一）	森詠著	200 元
6. 迷失中國的末路	江戶雄介著	220 元
7. 2000 年 5 月全世界毀滅	紫藤甲子男著	180 元
8. 失去鄧小平的中國	小島朋之著	220 元
9. 世界史爭議性異人傳	桐生操著	200 元
10. 淨化心靈享人生	松濤弘道著	220 元
11. 人生心情診斷	賴藤和寬著	220 元
12. 中美大決戰	檜山良昭著	220 元
13. 黃昏帝國美國	莊雯琳譯	220 元
14. 兩岸衝突（新・中國日本戰爭二）	森詠著	220 元
15. 封鎖台灣（新・中國日本戰爭三）	森詠著	220 元
16. 中國分裂（新・中國日本戰爭四）	森詠著	220 元
17. 由女變男的我	虎井正衛著	200 元
18. 佛學的安心立命	松濤弘道著	220 元
19. 世界喪禮大觀	松濤弘道著	280 元
20. 中國內戰（新・中國日本戰爭五）	森詠著	220 元
21. 台灣內亂（新・中國日本戰爭六）	森詠著	220 元
22. 琉球戰爭 ①（新・中國日本戰爭七）	森詠著	220 元
23. 琉球戰爭 ②（新・中國日本戰爭八）	森詠著	220 元
24. 台海戰爭（新・中國日本戰爭九）	森詠著	220 元
25. 美中開戰（新・中國日本戰爭十）	森詠著	220 元

・運 動 遊 戲・大展編號 26

1.	雙人運動	李玉瓊譯	160 元
2.	愉快的跳繩運動	廖玉山譯	180 元
3.	運動會項目精選	王佑京譯	150 元
4.	肋木運動	廖玉山譯	150 元
5.	測力運動	王佑宗譯	150 元
6.	游泳入門	唐桂萍編著	200 元
7.	帆板衝浪	王勝利譯	300 元
8.	蛙泳七日通	溫仲華編著	180 元

・休 閒 娛 樂・大展編號 27

1.	海水魚飼養法	田中智浩著	300 元
2.	金魚飼養法	曾雪玫譯	250 元
3.	熱門海水魚	毛利匡明著	480 元
4.	愛犬的教養與訓練	池田好雄著	250 元
5.	狗教養與疾病	杉浦哲著	220 元
6.	小動物養育技巧	三上昇著	300 元
7.	水草選擇、培育、消遣	安齊裕司著	300 元
8.	四季釣魚法	釣朋會著	200 元
9.	簡易釣魚入門	張果馨譯	200 元
10.	防波堤釣入門	張果馨譯	220 元
11.	透析愛犬習性	沈永嘉譯	200 元
20.	園藝植物管理	船越亮二著	220 元
21.	實用家庭菜園ＤＩＹ	孔翔儀著	200 元
30.	汽車急救ＤＩＹ	陳瑞雄編著	200 元
31.	巴士旅行遊戲	陳羲編著	180 元
32.	測驗你的ＩＱ	蕭京凌編著	180 元
33.	益智數字遊戲	廖玉山編著	180 元
40.	撲克牌遊戲與贏牌秘訣	林振輝編著	180 元
41.	撲克牌魔術、算命、遊戲	林振輝編著	180 元
42.	撲克占卜入門	王家成編著	180 元
50.	兩性幽默	幽默選集編輯組	180 元
51.	異色幽默	幽默選集編輯組	180 元
52.	幽默魔法鏡	玄虛叟編著	180 元
53.	幽默樂透站	玄虛叟編著	180 元
70.	亞洲真實恐怖事件	楊鴻儒譯	200 元

・銀髮族智慧學・大展編號 28

1.	銀髮六十樂逍遙	多湖輝著	170 元
2.	人生六十反年輕	多湖輝著	170 元

國家圖書館出版品預行編目資料

怪人四十面相／江戶川亂步著；施聖茹譯
－－初版－臺北市，品冠文化，2002〔民91〕
面；21公分 ── （少年偵探；8）
譯自：怪奇四十面相
ISBN 957-468-125-4（精裝）

861.59　　91000930

版權仲介：京王文化事業有限公司

少年偵探8 **怪人四十面相** ISBN 957-468-125-4

著　　者／江戶川亂步
譯　　者／施　聖　茹
發 行 人／蔡　孟　甫
出 版 者／品冠文化出版社
社　　址／台北市北投區（石牌）致遠一路2段12巷1號
電　　話／(02) 28233123・28236031・28236033
傳　　真／(02) 28272069
郵政劃撥／19346241
E - mail／dah-jaan @ms 9.tisnet.net.tw
登 記 證／北市建一字第227242號
區域經銷／千淞圖書有限公司
地　　址／三重市中興北街186號5樓
電　　話／(02)29999958
承 印 者／國順文具印刷行
裝　　訂／源太裝訂實業有限公司
排 版 者／千兵企業有限公司
初版1刷／2002年（民91年） 4 月

~~定　價／300元~~
特　價／230元